U0639867

中国诗人

韩辉升

— 著 —

HAI●
SHI●
NA●
GE●
SHAO●
NIAN●

还是那个少年

春风文艺出版社
·沈 阳·

图书在版编目（CIP）数据

还是那个少年／韩辉升著. --沈阳：春风文艺出
版社，2025.1. --（中国诗人）. --ISBN 978-7-5313-
6859-5

Ⅰ. I227

中国国家版本馆CIP数据核字第20243DC417号

春风文艺出版社出版发行

沈阳市和平区十一纬路25号　邮编：110003

辽宁新华印务有限公司印刷

责任编辑：韩　喆　　　　　　责任校对：张华伟

装帧设计：Amber Design琥珀视觉　幅面尺寸：125mm × 195mm

字　　数：292千字　　　　　　印　　张：17

版　　次：2025年1月第1版　　印　　次：2025年1月第1次

书　　号：ISBN 978-7-5313-6859-5　定　　价：60.00元

序

辅时及物　诗意人生

韩辉升诗集《还是那个少年》赏评

齐凤艳

　　见字如面。常常，词语盈满情感；常常，词语包孕理性。"见字如面"一词就是如此，且诗意。与诗人韩辉升的相识始于文字，见面则属于未来。他就在那里，在中国、辽宁、朝阳，一个我没去过的地方；他就在那里，在他的诗作里，一片我漫游了很多次的天地：其中《我原是一颗瘪粒》与《丢了多少骨头》两首诗和他的诗集《原来一切在故乡》，我写过赏析文字。而几日前，当韩辉升在微信里将想由我为他的新诗集《还是那个少年》写序的打算告诉我时，我才认识到，诗与文建立起来的交流之桥是那么真实，不只握手之仪，字句切磋，还可"为我引杯添酒饮，与君把箸击盘歌"。的确，我心中深感一种热络之温暖、被信任之喜悦与感激。

　　于我而言，诗歌写作和诗歌赏析方面，我都是刚上路的新手，只在小径上莽撞地走了七年。而韩辉升在二十世纪八九十年代就因其作品连续在《诗刊》《民族文学》《新华文摘》等国家级报刊发表或转载，而令文坛瞩目。他还被誉为辽宁诗坛"短跑冠军"，并两次获辽宁文学奖，两次获《鸭绿江》作品奖。且目前韩辉升已出版了十一部诗集。所以，由我来写韩辉升这位无论在诗龄，还是在诗歌成就方面都令我望尘莫及的前辈的诗集的序言，我深感内心之忐忑。然而韩辉升一番鼓舞，同时，我钦佩他这么多年常青的诗心、德艺并重的修持、诗歌中鲜明的个性，于是惶恐受命。写下此文，我期待更多的，是自己能够更进一步领悟韩辉升诗作语言与风格上的异响和异彩，感悟他的热爱和其呈现的热情，追寻他的理性及意义。

同时，就像我在先前的评论文章中讲过的那样，韩辉升的视域宽广与哲思充盈皆来自他人生中的行走，开合有致与收放自如都源于他生活的历练，《还是那个少年》中的诗作不仅再一次印证了他为人生、为生活的现实主义书写，而在他充满激情的抒发中，我更看到了朝阳大地历史文化的壮阔、凌河岸边生活的多姿、乡土情怀内核的生动丰润。所以《还是那个少年》在一定程度上担负起了地方史诗的角色：因为诗人既表达了每一个人在出生地领受了历史文化的厚重，从而有了起点、出发和行走半生之后，对历史文化的致敬与怀念，也通过叙事、写人、状物传递了一方土地上的岁月回音、当下样态和未来辉光。由此，我更加敬重诗歌和诗人。总之，在《还是那个少年》中我看到，韩辉升不断地积聚自己的感觉和印象，储存它们，而且改造它们，勤勉地寻求着对自我、大地、人和世界尽可能广阔的全方位呈现。《还是那个少年》是一部辅时及物的佳作，是一部诗意人生的大书。

（一）

"世界上第一只鸟飞起的地方，世界上第一朵花绽放的地方。"韩辉升很早就写下的诗句，饱含着他这位朝阳诗人的骄傲与欣喜，如今已经成为宣传朝阳的名片之一，而他也是朝阳的骄傲。他这山窝窝里飞出的金凤凰，用句老话说，从来没有忘本。评论家李犁将韩辉升归为以良知写诗的诗人，"不忘本"一定也是原因之一。在去年一篇简论辽宁男诗人写作的文章中，李犁如此述评韩辉升："他写诗像在给动物治病，先拨开假象，再切开脓包，刀刀见血，最后切下毒瘤。这位少年成名的诗人，对诗歌的热情从没有减弱，尤其临近花甲，连续在春风文艺出版社出版3部诗集，另有400多首新作列入出版计划。"李犁说的这新作，此刻我有幸先睹为快，而首先映入我眼帘便是他对朝阳历史、文化、风云人物的热情赞颂、缅怀和追思。

有河流的地方就有人家。大凌河是朝阳人的母亲河。我看见韩辉升沿河走着，他爱恋每一棵草，每一株树，应答每一声鸟鸣的欣喜，对着窗口和炊烟挥动手臂，像回复母亲亲唤他回家吃饭。曾经，这片土地经历了多少苦难啊！而什么最终都阻挡不了其上的人们奋斗不息的脚步。一切都离不开人。所以，叙事朝阳，韩辉升从大凌河岸边的第一缕炊烟写起。"那是谁的祖先/用什么把什么点燃//那是谁的祖先/为什么把什么点燃"，"那么，今天/我们还有什么需要点燃/还有什么能够点燃"。《第一缕炊烟》中这样的追索与叩问的诗句，让我看到，当人生岁月垒砌起一座山，其上诗人的视野因之高远，它必然带来心境的不同；并且高就是一种远，高就含一种升腾在其中，而诗属于远方，是一种高蹈。由此，《化石宝库》《红山女神》《写在长城遗址》《白川州古城遗址》等诗作都是诗人岁月静谧之所在，既澄澈怀抱，又感慨万千而发哲思和抒情感——亘古文明是永远的指引，回望不灭的灯塔，后来者应该做些什么？对此，《西天取经第一人：昙无竭》《陈镜湖》《写在赵尚志烈士陵园》《当年乌兰》《当代花木兰：郭俊卿》《尹湛纳希》等诗作中不同时代的弄潮儿和诗集中包括诗人的亲人在内的普通百姓都有不同的应答，每一个人的历史角色都是不能或缺的。而韩辉升在他的公务员角色之外，用他的业余创作为朝阳建立了一座诗的纪念碑。对过去曾经降临又离开的每一件事情的延续性的意识，常常成为文学书写的一个责任：写下，就是记下。就像古罗马诗人贺拉斯在《歌集》中写到的那样："我建一座纪念碑，比青铜耐久。"所以，韩辉升这部《还是那个少年》是那么厚重！

一切都源于韩辉升的一片深情，醇厚而朴实。诗人的性情常常对语言风格有很大的影响。《还是那个少年》中，韩辉升对大地、山石、花草、村庄的描写质朴纯真且妙趣横生，毫不弯弯绕的语言里，藏着情思的包袱，颇显个人特色。比如《乡野葱茏》《老家的山》两首诗中，素简的词句告诉我，寻常的故乡事物中藏着美丽、甜蜜和启迪心智的道理；人生中有一些无助与无奈，唯有坚韧之心才是自己的靠山。再比如《春花记》这首诗让我眼前一亮，春花们"叽叽嘎嘎"的，是那么接地气，山川大地都跟着活脱脱地生机盎然起来。《山路》《日出》《桃花寨》等诗作也将景物与情思巧妙地结合起来，乡村的质朴与感兴的恳切沉稳相恰切。《我站在一幅画前》则以中国古典诗歌的意象派笔法，勾勒了一帧静动结合、错落有致的朝阳农家小院的画图。

（二）

那么浓的乡土情灌注在诗集《还是那个少年》中。这部诗集里，题名为《乡土》的诗有三首："百年之后/家乡的庄稼地里/一定有我"，"久久地/捧着这乡土/深情地/凝望着这乡土"，"这一团乡土里/有什么//撒进水中/可能会游出鱼//投进火中/可能会炼出铁//用水和一和/用手团一团/用嘴亲一亲/就是一个新娘//用水和一和/用手团一团/用香供一供/就是一尊神仙"。这些诗句流露出韩辉升对家园的热爱，对故土的深情，那里是他的一颗心从来就没有离开过的地方，并且，那里也是他的诗歌情感萌发的田地，词语枝繁叶茂的原野，思绪花妍香远的山岗。从而我看到，《还是那个少年》中的乡土之诗像韩辉升本人一样，深深地植根于家乡的人、事、物；诗中的情思、体悟，无论是关于父母之怀念、田园之意趣、农人之艰辛与快乐，还是关于民风之质朴、乡村之变迁，都带着韩辉升亲身经历体验的气息。寻常人物、普通场景中的情思与诗意特别亲切，特别接地气，加之韩辉升的诗歌语言无矫饰、去逶迤，从而使诗歌的情感之波澜和思想之电光直达读者之心，产生别样的感染力。

那么多诗作，韩辉升是写给父母亲的。在《说故乡》一诗中，韩辉升写道："说故乡/我只说 四家板/因为爸爸在那里/在那里/天天盼我回去"。这几行诗中的"狭隘"是达到艺术效果的表现手段，如果不理解这一点，对诗意的理解就可能会失之偏颇——孟子说："老吾老以及人之老，幼吾幼以及人之幼。"并且我认为，正是孟子这句话，能从一个侧面阐释或见证了韩辉升对乡土的情深。比如在《老家》一诗中，韩辉升写道：

"来到乡下，每一个旧房子/都像老家/每一个老头儿/都像爸爸/每一个老太太/都像妈妈"。人性、人格和道德在一个人的情感和行为中的力量是巨大的。再比如，在那首题为《此刻》的、写他在撰写一份政协委员提案时所思所想的诗作中，韩辉升写到他要"为农村/为农民说点什么"，农业是"像弟弟一样亲如手足"，他惦记"旷日持久的伏旱"，他知道农民对"粮价过低"的抱怨。诗歌的最后一节发源自诗人的悲悯之心和朴素本色："此刻，二〇二〇年十一月十二日下午三点十五分/一只山兔溜进了市政协大院/它那既惶惑又惊喜的样子/多像我乡下的弟弟"。而组诗《小叙事：朝阳》对朝阳社会经济和人的精神风貌的全展现，集中彰显了诗人书写现实、根植时代的社会责任感和现实主义艺术观。对于这四十多首"小叙事"，我还想说的是，几乎每一首都能转化为一篇散文乃至小说，而韩辉升就用那么几行、那么几语，完美且轻松地呈现出来，功夫了得。《还是那个少年》中，小家与大家，韩辉升都深情地爱着。比如，《热爱》一诗激情洋溢且佳句频出，热爱家乡、热爱祖国、热爱生活之情既浓醇又恳切。所以，《还是那个少年》绝不局限于仅仅叙事朝阳、热爱家乡，他这是叙事人生、大爱无疆。

那么多事物勾起韩辉升的乡恋，让他怀念起父母，让他的思想情感一次次回归到乡亲们和那片土地。

《邻居家的鸡》《针线包》《母牛》《白杨林》《天鹅》《母爱》《蜗牛（一）》《我上了老家的名人榜》《一双旧鞋子》《爸爸病了》《好好看看》《乡下弟弟》等等，韩辉升睹物兴情，触景启悟。于是，他的诗带着我温故亲情，再次感受农人质朴而高尚的德行和为美好生活付出的艰辛。"妈妈说/鸡是谁家的鸡/蛋就谁家的蛋//那只母鸡抢吃我家的鸡食/她却不管//妈妈说/赶上饭口了//怎好往外撵"：美德永远使诗歌具有最高的感染力。人生就是如何做人，如何做事。就像他在他的诗集《原来一切在故乡》的序言中所说："这样说那样说，说来说去说的都是人生，自己的、他人的，鸟兽山水、花草树木、日月星辰附着的也是人生。"这人生是韩辉升细腻入微地体味了的，所以丰富；这些诗篇是韩辉升情感加持、思想浸润、词语绘锦了的，所以爱意浓厚、哲思充盈、语言生动而多样化。比如《针线包》《蛙声一片》《寸草铡三刀》《午后》《小傻子》等让我感受到诗人民歌小调似的诗歌语言的亲和力，这样的诗在下里巴人的外表下藏着阳春白雪一样纯洁、醇正的感情，越细细体味，越觉得脱俗。再比如《爸爸》《当年，站长对我说》《老司机》《木耳》《你说，等我……》《此刻》《收废品的人》等诗作中的叙述性语言，扩大了诗歌的言说范围和表现领域，使诗歌更加深入生活的现场。一方面，叙述性语言使整部诗集的叙事坚实、具体，而不是被刻意的技巧、不着边际的幻想和空洞的情感架空。另一方面，它令诗歌能够游刃有余地处理一些惯常看来不那么诗意的主题。《当年，站长对我说》一诗讲了往昔的一个片段，人性本色、世间悲欢、时代性痛感就在这旧事中。《收废品的人》通过收废品的人看似不着边际的絮叨，既传递了对底层人生活之不易的感叹，也显示了时代的变迁，并揭露了一些社会现象，还触及了国际形势。

（三）

韩辉升的诗歌有轻盈的外表，他不搞矫揉造作的文艺腔，不构设崎岖的修辞，而是以晓畅、接地气且具有个性标志的语言和诗思召唤情感、慰藉心灵、观照现实人生。评论家霍俊明在《解析现代汉语诗歌的十二个剖面》中写道："我们应该记住卡尔维诺所说的：'写得像鸟一样轻，但不要像鸟的羽毛一样轻。''轻逸'风格的形成既来自于一个诗人的世界观，又来自语言的重力、摩擦力、推进力所构成的话语策略。"所以韩辉升的轻盈不是轻浮、轻佻等的"轻飘飘"，而是严肃、会心的深思熟虑的"轻"和举重若轻的"轻"，它不是轻而易举就能获得的，而是需要具有视力的精准性和思想的穿透力。

上述艺术特色和表现手法在韩辉升的那些沉思之作中有突出的呈现，比如《思想河（三十首）》《故事山（组诗）》《节气歌（组诗）》等等。"我到山上挖远志/爸爸在山脚种当归//妈妈说/看这爷儿俩/心里想的都没用嘴说出来"。这几行诗除了日常生活中情理之外，还暗含着韩辉升对诗歌艺术一个维度的阐释，即隐喻等在诗歌中的作用。"天寒地冻的时候/河，用北风把水缝起来做被子/给鱼盖上"：韩辉升提示人们寻常现象中的天地间万物运行的秘密和神秘性。"农艺师说：/'霜打过的苹果才甜'//'人生也是这样啊'："——有个人/从旁发出这样的感叹//农艺师说："我的话还没有讲完/一遍不行/需要霜打三遍'"：我常常认为，诗歌的根本是要以诗的方式而不是简单大白话的方式传情达意，它要有奇妙的诗趣，有回味的意旨，还要立象以尽意。而在韩辉升这里我看到，简单的大白话依然能够读起来饶有兴味，因为他的大白话是生动的生活语言，其中包含的哲思就是人生的风景，更是不同寻常的意象，其后面是旅途中的人丰富而复杂的经历，它们在生命中留下的悲欢欣悦看似蛰伏起来了，一遇到恰切的言辞之风的吹拂，就被唤醒，在身心杂陈五味。

韩辉升还擅长在诗中使用一种魔幻兼童趣的写法，比如《燕子与麻雀》《天鹅来了》《故事山（组诗）》等诗作。"蘑菇对蜜蜂说：/'冒着雨出来的，怎么不打把伞/来吧，进来躲躲'/没蜜也甜"的诗句写出了甜蜜的语言、良善的心灵能带来温暖的道理：小癞蛤蟆因自己的妈妈告诉他不傻而在天鹅面前信心满满的呆萌情节，讲述的不只是如何教育孩子；等等。这些诗歌在人与物微妙的对应关系中展开，"言此及彼"，"说东道西"，产生了陌生化效果，其中的那股暗流涌动的朴拙与本真洗涤着我蒙尘的感觉，令神清气爽更鲜亮，令悲悯慨叹更沧桑。首先，物的人格化观照呈现出诗人与外物之间的亲密情感；其次，以物拟人中，对人生处境与个体命运的象征颇震颤人心，比如《它们很小很小》一诗中诗人对微弱者的情状的生动譬喻催生了人对小动物的怜惜和对人自身卑微的认识。总而言之，韩辉升在拟人修辞中发扬了儒家"君子比德"的传统，他在动物的人格化形象中投射道德理想与人格精神取舍，表达对特定价值的选择与皈依之志，也显露了他对一些不良现象的讽刺和揶揄。这些诗让我看到韩辉升是一个多情、善思、有趣的人。

（四）

诗集《还是那个少年》是韩辉升诗歌作品的又一次汇聚。用他自己的话说，在已结集的作品中，他把这部诗集看得很重。韩辉升在生活与自然事物中汲取创作源泉，把他全部的情感和思索在生活里发酵，积极回应每个日子里的喜、乐、悲、愁、爱、憎的召唤，酝酿出一首首饱含他人生感念的深情诗作。在《紫砂壶》一诗中，他如是写道："你来塑形/我来刻图//五色泥/富贵土/温润古朴/不媚俗//杏花密/松枝疏/诗情画意/呼欲出//水也燃成土/火把土包住//你把茶烹/我把琴抚//忙也一壶/闲也一壶/啜的就是工夫//浓也一壶/淡也一壶/咂的正是起伏//品山河无恙/阴霾散/滋五脏六腑/阳气足"。在这首乐韵悠扬的诗作中，我品出韩辉升诗歌写作的雅趣、甘苦、志向和抱负。而读罢《乡野葱茏》《还是那个少年》《春风十里》等诗篇，又不得不佩服他的大气、通透与"随心所欲"，也可以说他已进入了诗歌创作的"自由王国"。

诗集《还是那个少年》是韩辉升对故乡亲人之怀念，对乡土大地之热爱的又一次丰盈。在诗中，韩辉升写道："登得再高/总归要回到地面/走得再远/走不出乡恋"。在诗中，韩辉升故乡的山水、人事、草木、稻谷都永远生长在他的血肉里，他要吟咏这片大地。韩辉升多情而深沉，他总是探寻和追问意义，于是他在故乡与心灵故乡的每一件情、物、事乃至梦中缱绻，都形成对延续性的意识。他写下，他记下——时光流逝，被关注的日子才不会白白流淌，《还是那个少年》仿如一卷史书、一部诗志。

诗集《还是那个少年》是韩辉升诗歌写作的又一个里程碑。此前，韩辉升一手公文一手诗歌，风生水起。我相信，未来，他会继续写下去，也会由于人生历练和创作锤炼的丰厚积淀与不断深入而越写越好。正如韩辉升诗中所言："搭搭手腕/依然豪迈/望望远方/诗兴犹在/我热爱，拉起自己的手/赶赴未来"！

目　录
CONTENTS

目 录
CONTENTS

目 录
CONTENTS

目　录
CONTENTS

目　录
CONTENTS

目 录
CONTENTS

目　录
CONTENTS

目　录
CONTENTS

目　录
CONTENTS

目　录
CONTENTS

目 录

CONTENTS

目　录
CONTENTS

目　录
CONTENTS

目　录
CONTENTS

目 录
CONTENTS

目 录
CONTENTS

目 录
CONTENTS

目 录
CONTENTS

目　录
CONTENTS

目 录

CONTENTS

第一缕炊烟

在喀左
在南亮子村
在大凌河依湾
回望十五万年前的鸽子洞
我真的看到了一缕炊烟

那是谁的祖先
用什么把什么点燃

那是谁的祖先
为什么把什么点燃

那是你的祖先
用生命把生活点燃

那是我的祖先
为生活把生命点燃

那么，今天

我们还有什么需要点燃

还有什么能够点燃

※朝阳市喀喇沁左翼蒙古族自治县"鸽子洞遗址"，有

古人类用火遗迹。

化石宝库

你就在凌河流域挖吧
鱼化石
鸟化石
树化石
昆虫化石
随时都可能挖到

曾经有一片湖呢
不知道能不能挖到水化石

如果水也能化作石头
那么时间也能
鸟鸣也能

幸运的话
也许能挖到化作石头的彩虹

※朝阳地区动植物化石资源丰富，被誉为世界级"化石宝库"。

红山女神

这是公元2021年夏初

我离开众人，独自在牛河梁那片油松林中思索、漫步

不知不觉中

来到五千八百年前的这个下午

这个女人

高颧

厚唇

肥臀

丰乳

佩戴一枚玉猪龙

身着麻布

粗声大气地唤我帮她种粟

她说祭祀仪式傍晚举行

把最后这一陶钵种子撒下后

她还要去祭坛领舞

手机响了
同事告诉我这次历史文化考察活动结束

我向这个女人道别
她把我紧紧拉住

留在这古国
还是邀请她同我一道返程
梁下就是高速公路

※以朝阳境内牛河梁遗址为主要代表的红山文化，把中华文明起源的时间线又向历史纵深推进了五六百年，达五千八百年左右，谓之古国时期。在此出土的陶制女子头像，被誉为"红山女神"。

西天取经第一人：昙无竭

带上凌水
昙无竭一行上路
一路饮水续水
总是家乡滋味垫底，甜而清澈

揣着乡土
昙无竭一行上路
一路诵经唱经
总是家乡韵味不改，北燕音色

一百亩谷子跟着他们
梦里铲地蹚地，挥镰收割
醒来回味米香，舔嘴呷舌

一千棵桑树跟着他们
梦里采叶养蚕，抽丝剥茧
醒来真丝袈裟，以壮行色

一去几万里

归来便是佛

※昙无竭于公元420年从龙城（今朝阳）出发西行取

经，比唐玄奘早209年。

写在长城遗址

说是筑墙御敌
不如说是彼此之间默契使然

既有那边的石
又有这边的砖

一手迎宾
一手执剑

和平需要界限
友谊就是通关

※朝阳境内有多处长城遗址景观，其中以位于建平县的
战国燕长城、北票市的明长城最为著名。

白川州古城遗址

在大凌河岸边的四家板村
发现了一处古城遗址
深在地下三米之处

逝去的岁月变成了土
谁知都把什么埋住

我亲眼见证了那个羽人出土
一副快乐模样
满脸都是幸福

隐约听到她说了一句
 "更深处
还有父母"

※我的出生地朝阳市北票南八家乡四家板村，为辽代白
川州治所咸康县城所在地，曾有许多考古发现。

陈 镜 湖

故乡的人们

不知你去了哪里

作为辽宁省第一位共产党员

你以纪念碑的形式归来

在故乡矗立

有一种凯旋

叫作魂归故里

※陈镜湖,革命烈士,第一位辽宁籍共产党员,朝阳市
建平县人。

写在赵尚志烈士陵园

接你回家
接你回家
你一路期待，满眼泪花

到了，到了
山也熟
水也熟
前来迎接的人们
有好多似曾相识
你在想，给一点工夫忆一忆当年那群发小模样
就能分出
他们哪一个像谁
就能猜出
哪一个姓啥

接你回家
接你回家
你一路期待，满眼泪花

恨不能迈开双脚登上云蒙山

看一看家乡的变化

恨不能伸手摘一朵小凌河的浪花

恨不能贴身感受一下乡土的温暖

恨不能让乡亲们听一听自己的心

跳得怎样激动

恨不能坐下来，同乡亲们促膝谈话

什么叫一身肝胆

请问松花江的浪花

什么是铮铮铁骨

你那不朽的头颅就是最好回答

※赵尚志为朝阳市朝阳县人，是东北抗日联军创建人和
领导人之一。

当年乌兰

乌兰
乌兰
真的是你吗
嘎岔的乌兰

白马双枪红司令
驰骋努鲁儿虎山

你真的是那个胆小的乌兰?

乌兰
乌兰
战斗间隙回趟老家
让父老乡亲看看

你正是小时候
在大凌河边唱歌的乌兰

※乌兰,朝阳籍蒙古族抗日女英雄。

当代花木兰：郭俊卿

姐是真故事
哥也不是传说

在家乡
你是父母膝下小女儿

在战场
你是冲锋陷阵大男人

郭俊卿女扮男装真故事
花木兰替父从军是传说

※郭俊卿，朝阳市凌源籍解放军女战士，女扮男装参军，1950年被中央军委授予"战斗女英雄"和"现代花木兰"称号，电影《战火中的青春》主人公高山的生活原型。

捉蒋英雄刘桂五

捉蒋

捉蒋

"是他不许我们抗日

丢了家乡"

捉蒋

捉蒋

"如果他依然不去攘外

那就吃我一枪"

捉蒋

捉蒋

"总算替父老乡亲出了口恶气

从此不再戳我脊梁"

※刘桂五，朝阳市朝阳县人，参加"西安事变"中的"捉蒋行动"，抗日战争中光荣牺牲，1961年被追认为革命烈士。

青 风 岭

那时候，中国地上
有一个"满洲国"

也是那时候，"满洲国"里
有一片"中国地"

※青风岭位于朝阳市朝阳县境内，当地群众奋勇抗日，
日军侵华十四年间未能染指此地，被誉为"中国地"。

尹湛纳希

当年，尹湛纳希
在大凌河畔建了《一层楼》
修了《泣红亭》
或在楼里
或在亭中
进行着《青史演义》

也是在这里
大凌河与从草原流来的牤牛河相遇
听上去
一条河讲的是汉话
一条河说的是蒙语

两条河手挽手肩并肩向大海奔去

※尹湛纳希，清末蒙古族文学家、思想家、哲学家，朝
阳市北票人。

朝 阳 话

想当年，人人说朝阳话土得掉渣
一句半斤
一人讥嘲，多人附和
南腔北调，众口铄金
我出门在外的时候，也尽量不开口说话
别人还以为沉默如金

细细想来
还不是
哪个地方发达
那个地方的方言口音就时兴时髦
就能抬高身份
比如当年
港台腔多么流行
尽管听上去不知所云

如今，越来越多的外地人
称赞咱朝阳话

说是普通话也部分采用了朝阳方言

朝阳口音

邻居家的鸡

邻居家那只母鸡
经常在我家的草屋产蛋
妈妈每一次都会把鸡蛋捡起来
及时送还

妈妈说
鸡是谁家的鸡
蛋就谁家的蛋

那只母鸡抢吃我家的鸡食
她却不管

妈妈说
赶上饭口了
怎好往外撵

针 线 包

在老屋子一角
找到了一个针线包

针已锈
线已糟
包上绣的那枝梅
影影绰绰

补过鞋袜
缝过衣袄
钉过纽扣
签过裤脚
甚至为爱情穿针引线
为道路挑开水泡

我也用过这个传家宝

记不得什么时候

又是因为什么把它丢掉

生命中需要缝补的地方
依然不少

母　牛

那头牛犊
从早到晚，几乎一刻不停地吃着母亲的奶

一副得意模样
满眼幸福花开

我不由得惊叹
那母牛的奶水
怎么会源源不断

是不是
汗也能变成奶
血也能变成奶
身上的每一块肌肉
每一块脂肪
甚至每一条神经
每一条韧带都能变成奶

转化的速度

比吞咽的节奏还快

当年吃不饱饭的妈妈

也有让我吃不尽的奶

爸 爸 说

爸爸说
东河套大桥旁
曾经有一个炮楼
日本鬼子在那里守桥

爸爸说
有一次，守桥的鬼子给了他两块糖球
他吃了一块
另一块拿回家里给奶奶
却被奶奶扔掉

爸爸说
到现在还非常后悔
那时候太馋
谁给的东西都要
接着说了句
那时候太小

那块原煤

那是亚洲第一口千米竖井
坐落在北票矿务局台吉煤矿

朝阳文联组织作家采风
我有幸来到了掌子面上

亲手拾起一块原煤
比捡到金子还要兴奋紧张

我把那块原煤精心收藏

老家的煤那是真好啊，热量高、燃点低
就像我的乡愁
一根火柴就能点亮

白石水库

这么多水
在这里聚集

到底是毅然离开朝阳
还是留下来，不再远去

浪花，是它们打出的问号
涟漪，是它们不宁的心绪

……大坝之上，已经形成了一个大湖
大坝之下，大凌河依然向海
奔流不息

过 家 家

你说咱俩都过半天了
累了
回家吧

回家就回家
你给我炒的菜不是艾蒿就是青蒿
你给我做的饭不是石子儿就是沙粒
你给我牵来的牛不是蚂蚱就是扁担钩
你给我的彩礼
哪怕是一朵野花也好啊
竟然是几个驴粪蛋用麻纸包着
你说上炕睡觉
我还没想好是在草地上盖着阳光睡
还是躲在大树下铺着阴凉睡
你就在只能容得下一个人的青石板上睡着了

你说明天咱俩接着过家家
别看我嘴上答应你了

心里对自己说的却是

还没想好

爸 爸

讲他

扛着二百斤重的麻包

晃都不打

爸爸乐了

讲他

从县城学来技术后

带三个徒弟酿酒

公社书记馋了

也得找他

爸爸乐了

讲他

当年带我去北票城卖杏

拿着换来的钱下馆子

一分也没剩下

爸爸乐了

讲他
为了制止割下拇指粗的荆条沤制压绿肥
向大队书记抡起了镐把

爸爸乐了

讲他
送我到朝阳农校上学
向左邻的大伯借的的确良上衣
向右舍的叔叔借的涤卡裤子
看上去比哪个家长都帅
比城里人一点不差

爸爸乐了

讲他
毛笔字在村里写得最好
正因为这个
娶到了大凌河对面貌美如花的妈妈

爸爸乐了

坐在轮椅中的爸爸
已经难以用语言表达

河　景

一条大鱼
把一条又一条闯进来的小鱼驱离
它，就这样护卫着自己固有的水域

小鱼，越来越多
看那样子
有的是蓄意挑衅
有的是打哈哈凑趣
大鱼得不到片刻休息
甚至无暇觅食

我临水观察了许久
似乎看到
闯进来抢食的小鱼正在变肥
护水的大鱼正在瘦去

真担心出现另一种场景
大鱼一怒之下
逐一吞噬了那些小鱼

那个人真的不是我啊

不让爸爸说

不让妈妈说

也不让左邻右舍说

是谁在大凌河畔赤身裸体奔跑

是谁在骆驼山头胡叫乱喊

是谁把癞蛤蟆偷偷塞进女孩子的菜篮

是谁逃票乘车到朝阳城转了一圈

是谁用麻纸包上驴粪球充当糕点

是谁顶撞爸爸说不种地照样能吃上好饭

那个人真的不是我啊

我不是那个顽劣少年

白 杨 林

今晨
我在凌河边一片杨树林中巡看
现场记录下许多留言

张娟娟，我爱你
至死不变

柳壮壮，我恨你
永远永远

让梦飞吧，穿上我的衣衫
让狗叫吧，插好你的门闩

李三贵，你是一个骗子
欠账还钱

愿鸡毛飞上云天
让王八安心孵蛋

娜娜，美出鼻涕泡了吧
说的是昨晚

韩辉升，我想你
——竟有这样一句留言
落款是六月十九
没写哪年
没有署名
不知是女是男
这让我
禁不住浮想联翩

所有留言都是刀刻的
有深有浅

天　鹅

你们来到这里
看天鹅

不知有没有人看得出
其中一只是我

这是我的乡
这是我的村
这是我的大凌河

我熟悉你们每一个人
我也知道你们接下来要去农家乐
那个篱笆院的主人
正是我的哥哥
我已早早帮他备了菜
打了酒
到时候，我也上桌

我就是那只从河心游到岸边

离你们最近的那只天鹅

几个拣奇石的人

大凌河畔

有几个"拣石头"的人

他们约定

从早晨到黄昏

每个人

只能拿回一块最好的石头

归途中

每个人都说

拿回来的石头

不是一天中拣到的最好那块石头

小　烧

后山坡的红高粱
前辈传下的老锡锅

小伙挑来了凌河水
老汉抱来了干柴火

不是没钱买
而是找个乐儿
咱自己烧酒自己喝

是不是光合在高粱里的阳光蒸馏了
一碗下去
一肚子火

是不是高粱的颜色还原了
每张面孔
红红的

是谁在那里酒后吐狂言

一顿半条垄

一冬一面坡

一年一条大凌河

老家的树

大叶杨，小叶杨，一棵又一棵

一片又一片

老家的土地上杨树最多

锯一条枝，剪一截权

插进土里就活

身子直根子深

与老家人一样品格

绿柳，红柳，弯曲柳

这儿一丛

那儿几棵

小吋候腰杆太软随着风一会儿右一会儿左

头点地的时候也曾有过

长大了，空心的居多

白花槐，紫花槐

长满山坡

采槐蜜的蜂儿，早早在骨朵上等着

唯恐把花期错过

黑榆树长在山上，长在院落

春天到来时

家家贴的是榆钱儿饽饽

新屋上梁时

最常见的吃食就是榆皮面高粱面混搭后压出的

饸饹

黑老鸹和花喜鹊都在榆树上做窝

一个报忧

一个报喜

难得的是，它们都是实话实说

每家的房前屋后都有杏树

花开时墙里墙外红彤彤一片

入墙的大大方方

出墙的无羞无涩

桃花一样的人面说的是小芳姐姐

人面一样的桃花我没见过

长宁寺的柏树四百多岁

天天耳濡目染

不知是否成佛

山后坡的松树一千多棵

树上有松塔

树下长红蘑

酸梨林在东，甜梨林在西

中间相隔一步跨的小河

用不了几年

两种树上结出的果子就会变成同样味道

酸中有甜

甜中有酸

有人说这叫串粉

有人说这叫生活

老家的树种还有许多

这种树，那种树

每棵树的根系，都与大凌河连着

求　雨

满村妇女
头戴柳枝
跪成一片
齐声求雨

佛爷啊，老天啊，观音啊，龙王啊
关公啊，写长仙啊，狐仙啊，黄仙啊
那玉米
那高粱
那大豆
那谷子个个可怜
眼瞅着就要旱死了
帮我们救救它们吧
你们一个不服一个
一个比一个有能力
联起手来搞一次南云北调
可不可以

南边救了灾

北边解了急

男人们都出去打工了

耐旱的猪毛菜也准备拔起根子跑掉了

满村妇女

盼男人一样

盼雨

乡野葱茏

老家的山阳或山阴、田里或田外

房前或屋后、垄背或垄沟、石缝或河滩

遍布花花草草，葱茏繁茂

那蒺藜，小时候还好

长大了浑身是刺

谁都远远躲着

苍耳刺在果，刺菜刺在叶

虽说扎谁谁疼，其实为了自保

看那红蓼多可爱

细溜溜身条

穿着花袄

见谁都是微微笑

有这么个女儿多好

凭什么叫它狗尾巴花啊

纯属欠削

说这话的是我大伯

听上去一股酸不溜的味道

他有三个不听话的儿子

一直为了没有女儿苦恼

夏枯草不可理喻

雨水丰沛的时节

它却枯了

其实这样的人也有不少

峥嵘岁月中自己把自己打倒

经常入诗的蒲公英，我们管它叫婆婆丁

看到它就想起奶奶为我补裤子，那补丁一块连
  一块

从裤腰直到裤脚

野韭菜、小山蒜，比畦子里种的家韭家蒜

更有味道

闹眼花、苦麻子、风铃草随处可见

闹眼花八成真的闹眼睛

不知啥时摸了它，手没洗净

上小学那几年视力不好

日子太甜了也腻人

不妨薅一把苦麻子嚼嚼

风铃草不声不响

以意象的形式随风摇着

苋菜也叫人性菜

其中含义挨过饿的人不难想到

田旋大大咧咧，张开嘴巴哈哈笑

女菀羞羞娇娇，还是藏不住好身条

苜蓿、针茅耐旱

蒲棒、芦苇喜涝

三叶草质朴

彩叶草妖娆

各有各的活法，各有各的偏好

毛毛草编成那只小兔子

还在我的梦里奔跑

那地梢瓜也叫老鸹瓢

它汁液的滋味比羊奶还好

灰灰菜、马扎菜、苣荬菜，百轧不死的车前子

都是不错的山野菜

没毒性的直接蘸酱

有毒性的只需白开水一焯

牵牛花上树爬墙吹喇叭

那调调儿听上去挺有味道

细辛细、黄花黄，打碗花光听名字就犯忌

饭碗子没了怎得了，千万不能再留着

有黄芪

有远志

还有桔梗银线草

满山遍野是青蒿

刨根问底才能尝到甜头的叫甘草

这些都是不错的中草药

在外的人用以预防乡愁

居家的人用以治疗烦躁

最不靠谱的就是灯笼花

晚上不发光

白天用不到

地肤子也叫扫帚苗

鲜嫩时人见人爱，老了还能把院子打扫

还有好多叫不上名记不住名的野菜野花和野草

野就是野啊

野得霸气

野得逍遥

辱也不惊，宠也不骄

锄铲

镰割

手采

猪拱

驴咬

车轧

马嚼

爱也罢恨也罢

除也罢留也好

这么多年过去了

它们依然在老家生长

依然生长得挺好

我也曾是其中一员

乡亲们称作猪毛菜，学名叫作风滚草

当年为了躲避那场大旱

拔起根子就跑

直到如今还没确定

到底在哪儿落脚

反　胃

当年
上一顿
下一顿
吃一种名叫晋杂五的高产劣质高粱

我的胃留下了痛苦的记忆

无论多么优质
多么好吃
无论什么做法
无论做成什么
也无论是多
是少
只要见到高粱
我的胃
就会吐它一脸酸水

凌河畔，孤独的天鹅

那是一只孤独的天鹅

飞的时候
跟在队尾

落地的时候
孑然一身

回忆的样子
正是它这个样子
低下头
闭上眼
也许看到了曾经的爱人

归　来

无论你在外当了领导
还是平平凡凡

无论你在外挣了大钱
还是依然贫寒

无论你是风风光光
还是默默无闻

无论你取了什么样的大名笔名艺名
还是被人起个什么样的外号
是多么响亮
还是多么不堪

只要你回到了老家
狗剩还是狗剩
金蛋还是金蛋
小芳还是小芳

大兰还是大兰

双脚踏回乡土
一切复归当年

当年，站长对我说

"去吧，你只需给他们
开一张'丧失役用价值证明'"

曹家营生产队长打来电话
说是一头耕牛骨折了
要求兽医站派人疗伤治病

"去吧，什么器械和药物都不用带
社员们已经好多日子不见荤腥"

这是一九八一年八月
我到公社兽医站工作第一天
发生的事情

朝阳男子汉

其实出生前我就在这里

火成岩是我的骨
黄褐土是我的肉
牛河梁上飘荡着我的灵魂
大凌河中流淌着我的血液

爸爸妈妈为我塑形造体

头，不能低
膝，不能屈
腰杆一定要挺直
不求顶天立地
只须脚踏实地

梦　渡

妈妈带我乘木船渡河
到南岸去看外婆

两个弄船人
一个摇橹
一个拽着那条连接两岸的绳索

从外婆家归来的时候
那条绳索变成了桥梁
那条木船变成了河心岛
那两个弄船人
一个巡护桥梁
另一个守护天鹅

妈妈依然三十岁的样子
我却老了

河畔花开

"第一个把女人比作花的人是天才
第二个把女人比作花的人是庸才
第三个把女人比作花的人是蠢材"

不知道我是第几个把女人比作花的人
反正无论哪个女人听到这个比喻
都没说我是庸才
都没说我是蠢材

比喻为花
是女人的期待
唯这样比喻
她才会愉快
谁这样比喻
谁就是天才

大凌河畔，鲜花盛开
一朵比一朵可爱

凤凰山与凌河水的对话

山对水说：我爱你
水对山说：我也爱你

山对水说：能不能留下来
水对山说：能不能跟我走

山对水说：走得了吗
水对山说：留得下吗

敖 木 伦

我说去看大凌河
爷爷说梦里梦外敖木伦

我说大凌河边葵花美
爷爷说那是太阳花
蒙古人个个爱娜仁

我说二胡声声真悠扬
爷爷说听上去不如马头琴

我说从没去过大草原
爷爷说那里埋着你的根

我的身体里也有一条河

我的身体里也有一条河
在静静流淌

我只知它会为你流出
却不知流出来的时候是什么形状

作为泪水流出来
那是我为你忧伤

作为血水流出来
那是你让我受伤

让它作为汗水流出来吧
我用浑身的力量为你种地
为你打粮

蛙声一片

月儿圆圆
清风吹

杨柳依依
凌河水

那个姑娘
那样美

今夜随你亲
来日任你睡

知道你开心
替你喊几嘴

寂 寞

寂寞的时候最喧闹

天也来了

地也来了

往事，来不及穿鞋

光着大脚丫、小脚丫

一个接着一个往这儿跑

喊着笑着

天上来了妈妈，还有爷爷奶奶和姥姥

妈妈说，听说你要去老年大学

给你带来了新的书包

爷爷说，我这里有几包专治高血压的药

当年没吃净，现在已经用不着

奶奶说，把这副老花镜给你用吧

在天上，新衣新裤有的是

缝缝补补的活儿早就不做了

姥姥说，听说你爱听草原上的事

我可以白天黑夜陪你聊

姥爷说，大凌河被我带到天上来了

给你留下一半

照样水中有鱼，水面有鸟

我带走的是浑浊

留下的是清澈

你说我对你好还是不好

地上来的都是野菜野草

比如，苣荬菜向我抱怨，如今的人们生活太甜
太腻

一个个遥哪儿找苦

吓得它不得不这儿躲那儿跑

比如，甘草向我投诉，如今的人们专图轻巧

不去锄，不去薅

只知道用百叶枯除草

眼瞅着，连它也要被灭掉

它们一边说一边流泪

非要我发挥余热管一管

写首诗呼吁一下也好

寂寞的时候最喧闹

大小往事不请自到

撵也撵不掉

秋 事

镰刀
把地割矮了

谷垛
把天垫高了

拾　穗

在割倒的秸秆里
翻找玉米
是你最大的乐趣

每找到一穗
妈妈都会夸你

敢说不是爸爸故意留给你的

发小们的孙子

见到了铁柱

狗剩

硬球

长命

金锁

根生

他们

依然做着骑马杀仗的游戏

依然个个黝黑面容

多少年过去了

依然在大凌河边那片草地争锋

胜利者依然高喊我是英雄

失败者依然自称我是狗熊

只是

当我叫他们名字的时候

谁都不应一声

我 的 河

那是我童年的河
小鱼白白
小草青青
击一掌河水
溅满脸欢乐

那是我青年的河
左岸白杨
右岸花朵
河水蜿蜒向海
我心波澜壮阔

那是我壮年的河
支流充沛
主流壮阔
任其泥沙俱下
我自扬清激浊

这是我老年的河吗

就像我的心已经不再澎湃

它也变得如此平和

小叙事：朝阳（组诗）

（一）机器人

汪总说
这些"人"从不叫苦，从不喊累
那活计干得
要多么精准就多么精准

唯一遗憾的是
说起话来没有咱朝阳口音
机械、生冷
听上去不亲

（二）剪纸

"大娘，您剪出的这个人是谁啊
女儿，还是儿媳？"

"你看不出来吧

这是驻村第一书记

强过女儿

这丫头片子大学毕业后不再回来

去了外地

强过儿媳

把孩子丢给我

小两口住进了城里"

（三）老党员

一位名叫何建英的八十四岁党员

第一时间把出售手工缝制鞋垫赚来的一千元钱

捐给了攻坚的一线

我自掏腰包买下她积存的所有鞋垫

分发给单位每一名职员

有这样的鞋垫垫底

不会把道路走偏

（四）关于营商环境的通俗表达

"丈母娘疼女婿
一顿一只大母鸡"

谁说是招来姑爷气走儿子

妈妈知道
女婿爱吃鸡胸脯
儿子爱吃鸡大腿儿

咱朝阳人都相信吃啥补啥

让他俩
一个挺起胸膛
一个脚踏实地

（五）凌河向海

梦里，我在大凌河钓鱼
放出了长线

不仅把渤海钓上了餐桌

还钓来一艘轮船

心想，咱朝阳有的是好产品

要钢铁有钢铁，要轮胎有轮胎

有机小米，"绿色"肉鸡

船再大，也能装满

（六）脱贫记

说来就来

你看

刚刚脱贫的铁柱子领着刚刚娶来的媳妇

天天显摆

——其实就是手拉手走进大棚

莳弄蔬菜

（七）可爱的高铁

一个周六的早晨

老丁在亲友群发出一条微信

说是中午在朝阳聚餐

欢迎光临

北京的女儿女婿

沈阳的儿子儿媳

大连的弟弟

通辽的妹妹

纷纷点赞，个个应允

那么样的远，变成了这么样的近

（八）养羊合作社逸闻

调皮的羊羔

把嘴巴伸到内蒙古偷草吃

它只吃一口，便住了嘴

那草

远不如羊舍中的全价饲料

有滋味

（九）小区改造问答

老赵问：

"为什么叫'口袋公园'？"

老张答："这就是

政府从'口袋'里拿钱

为咱老百姓休闲娱乐买单"

（十）数字经济

"老话说，吃不穷喝不穷

算计不到才受穷"

——老王这样理解数字经济

主持工厂数字化改造的儿子讲

老爸说得不无道理

（十一）留块好地种芝麻

弟弟说，种芝麻，既是种意象
也是种寓意

他每年都留出一块最好的地

弟弟说
那花一朵比一朵高
就像咱农民的幸福感
朴实无华却又充满了甜蜜
那荚
一个比一个满
就像咱农民的日子
日子里的滋味
一粒香过一粒

（十二）幸福的另一种状态

"铺水管的农民工
在花坛边的广告牌下小寐

三十多岁的小伙子，朝阳人"

——这是大连点点《幸福的一种状态》诗中截句

幸福的另一种状态是

小伙子在午寐前打给妻子那个电话

——"哪一天大连人到朝阳打工

为他们找一个午休的屋子"

（十三）老乡

在深圳

遇到了一位朝阳老乡

他两眼泪水对我说

不要说白手起家、一无所有

从老家带来了

一身硬骨头

（十四）乡趣

上小学的明明

考试中漏答了一道1分小题

妈妈大发脾气

爸爸对妈妈说：

"那么大一片地

掰得再细也有落下的苞米

反正，丰收已成定局"

（十五）温室大棚

大牛说，他把春夏秋都请进了大棚

该绿的绿

该红的红

只有冬不怕冷

看到了吧

一会儿仲山于来堆雪人

一会儿背起手来赏雪景

（十六）创业者

记者请小桑谈一谈创业体会

她说，一个人身上就那么多干净的水

多流些汗

就会少流些泪

（十七）老板宣言

市场萎缩
订单锐减

复工容易
达效难

卖不出东西
拿什么赚钱

"这几年不是攒了一些吗
只要有我口中饭
就空不了工人手中碗"

（十八）在纺织工业园

在纺织工业园
一位企业家这样说：

"不怕美国人不买我的布
只怕他们从此不穿衣服"

（十九）翠花

老张说：
"农家乐里上酸菜的翠花
是从城里来的翠花

进城打工那个翠花
不知被谁用什么重新腌过
已经酸得让人倒牙"

（二十）直播带货

小盖姑娘
在谷子地打卡
直播带货

据说
城里小伙

不再天天"啃的鸡"了

改吃小米饭的

越来越多

小盖的新婚丈夫骄傲无比

"这么多男人爱我老婆"

（二十一）浪马

朝阳浪马集团巴基斯坦工厂

开工剪彩

李董事长在"线上"豪迈表态

一定要叫响咱中国品牌

诗人陈丝情不自禁

心中生发出这样的感慨

——为世界安上中国产的轮胎

让它从此走上正道

而且又稳又快

（二十二）创城记

几个老年人
要求当志愿者
协助警察维护交通秩序

"创建文明城
咱得出力"

接受交通法律知识培训后
一个个羞愧不已

最需要纠正的
正是他们自己

（二十三）股东与老板

老牟把自己辛辛苦苦创办的企业
折资为股加入了一个大型集团

他说：

"过去我为钱干
现在钱替我干"

这老哥儿，此时正在自驾游呢
刚刚到达海南

（二十四）春天里

"五一"放假了
我打电话告诉弟弟
回家帮他种地

弟弟说："回来看看吧
我也没事做了
从始至终全是机器
你一年才几天假啊
回来了，咱哥儿俩喝点小酒
好好休息休息"

（二十五）长城砖

村民老冯告诉我

听他爷爷说

垒在自家老屋墙上的青砖

是从后山那道残垣上拆来的

我想说，长城就是这样毁掉的

话到嘴边

又咽了回去

（二十六）志愿军老战士

张立春生前这样说过：

"现在的年轻人

大多会讲美国话

学那么多干啥

那鸟语，我只会一句

换作汉语就是缴枪不杀"

（二十七）一小块儿地

拾起草帽

他才找到

被自己弄丢的那一小块儿地

他说："虽然自己不差这三棵玉米
国家却缺不得这几斤粮食"

（二十八）早市纪实

遇到一个老乡

他告诉我

每天剜苣荬菜来卖

半年下来

赚了八千

野地里生的，等于白捡

老哥啊，你咋不说

从乡下赶到城里

路有多远

（二十九）麻雀

铁柱说

现在的麻雀不怕人了

他曾是村里捉麻雀高手

弹弓打

箩筐扣

巢中掏

村里村外的麻雀

越来越少

为了麻雀身上那点肉

也为了地里的庄稼

少些损耗

铁柱说

现在的麻雀

人走到跟前了

也不飞不跑

一个个抬起头来

朝你傻笑

（三十）老年舞蹈队

"王姐怎么没来？"

"还不是怪你

你说她跳着跳着

就跳出了农村人扭大秧歌的姿态

人家进城不久，面子还矮"

"你们先练着

我去赔个不是，把她请来

不能影响了参加比赛"

（三十一）院子里长满了杂草

在小区散步时

遇到了老包

他说

明天起，要搬回乡下住了

邻居在微信中告诉他

院子里长满了杂草

他说，金窝银窝不如自己的土窝

这哪像个庄稼人啊

别人不说，自己也觉得害臊

儿女真孝顺的话

就多往老家跑跑

开车走"高公"

一个多点儿就到

地就不自己种了

合作社的年底分红

继续捐给学校

（三十二）农家乐

一栋土石房

房顶长满草

一口老土井

辘轳绳上拴水筲

一架石碾子

碾盘上摆把旧笤帚

一圈篱笆墙

山枣枝子加荆条

一条老黄狗
人来抬抬眼
不攒也不叫

你以为我把你领到了贫困户
准备捐款掏腰包
其实这是农家乐
主人的收入
不比你这个厅级干部少

（三十三）铁匠铺

七十岁的老王，设了个铺子
重新当回了铁匠

王嫂问，你难道要给小轿车
钉上马掌？

老王笑而不答

锤子抡得叮叮当当

这是要听一听
岁月的回响

（三十四）老司机

"一九七八年的时候
全县只有两台轿车
书记一台
县长一台"

老邰汽车兵复员
当年在机关车队开车

"哪承想，咱自家也有了两台轿车
儿子一台
儿媳一台
我也享受县委书记待遇了
喊一声到乡下看看
两个司机齐声应答

争先恐后请我上车"

（三十五）手机家书

我儿：可好？

那么多北京人
都来咱朝阳开发区应聘了
你何苦当个"北漂"
先不说房子多贵
恐怕一辈子也摇不到车号

老爸，匆草

（三十六）虔诚

每逢初一十五
妈妈都要焚香上供

我问她：是否管用

妈妈说，你看这日子

一年好过一年，一天强过一天

如果没有佛爷保佑

怎会如此兴盛

我还听到了妈妈的小声嘀咕

"婆婆在的时候

也偷偷礼佛

可那日子过得却是十分紧巴

难道老太太不够虔诚"

（三十七）乡村游的一个场景

越来越夸张了

今年这稻草人队伍

有男有女

有的踩高跷

还有的蹬着三轮

哇，那一个彩裙飘飘

手握一把提琴

真人都不驱鸟呢，何况假人

再看那麻雀
这儿一只，那儿一只
纷纷在稻草人身上翻跟头打滚
这儿一伙，那儿一群
有的叽叽喳喳吵闹
有的闭目养神

真人都不怕了，何况假人

（三十八）道德银行

道德也能存储
道德也能兑现
比钱值钱

王大哥成了全村第一储蓄大户
月月有增
年年无减

上门为他儿子提亲的人

踏破门槛

（三十九）好人张明君

"辽宁好人"张明君

为市政协帮扶的贫困乡建场养鸡

主要安置贫困户劳动力

还承诺资助几个孩子

在我代表市政协向他道谢时

他说，刚刚到几个贫困户家里看了看

就好像回到了小时候的老家

就当是帮一帮小时候的自己

（四十）凌源百合节上老农语录

"这些不顶吃不顶喝的东西

比粮食和蔬菜还贵

还不是吃饱了撑的

臭美"

（四十一）新农人

小田夫妻
白天在村里的"红辣椒有限责任公司"上班
晚上回县城的家中休息
他父亲告诉我
儿子还行
隔三岔五留下来陪他
儿媳打小生长在城里
住不惯火炕，娇里娇气
倒是能干
这不，前几天当上了经理

谁知道他这是不满
还是吹嘘

燕子与麻雀

爸爸说

燕子，不是什么好鸟

春天来了

花红柳绿

咱庄稼人，刚刚熬过寒冷的日子

心情最好

燕子乘机赶来

啾啾的叫声，又柔又娇

咱心都酥了

想都不想，就敞开屋门

迎它进来

随便在哪儿筑巢

还为它留出了

随意进出的通道

可是

冬天还离得挺远

它便挈妇将雏偷偷跑掉

分明就是养不熟的东西

无情无义

越琢磨越觉得懊恼

还是善待土生土长土里土气的麻雀吧

无论春夏秋冬

是冷是暖

是饥是饱

都不离不弃，把咱紧紧围绕

撵都不跑

偶尔偷食几粒粮食有啥大不了

谁家的孩子不淘

天鹅来了

天鹅真的飞来了

癞蛤蟆

抬头看了看天上的天鹅

低头看了看水中的自己

坚决否认自己曾有过吃天鹅肉的想法

心想："你美你的美

我傻我的傻

'你真傻'，也是一句情话

说这话的

是孩子他妈"

母 爱

牛犊，追上母牛
要吃奶
母牛把它拱开

牛犊很无奈
低头吃起草来

第三口草还没有咽下
母牛，来到牛犊身边
轻轻哞叫一声
唤牛犊吃奶

——我看到了年轻时的妈妈
看到了小时候的自己

眼泪差点流下来

狂　奔

狂奔

终点在哪儿？

狂奔

为什么出发？

狂奔
狂奔

跟不上的
是自己的灵魂

狂奔

妈妈正在喊你呢

"孩子啊

你的另一只脚，还没跨出家门"

还是那个少年

爬上榆树

撸榆钱

同压断的树枝一起落地

依然抱紧筐篮的

就是那个少年

藏猫猫藏到天黑

从没人找得到

一直藏到没人来找

依然不肯露面的

就是那个少年

摔倒了爬起来

泥头土脸

继续把那只野兔追赶的

就是那个少年

宁可忍饥挨饿
也不肯吃下糠饼子
逼得妈妈
不得不去借米借面的

就是那个少年

摘一根黄瓜
不洗不擦
咔咔几口吃掉
至今常在梦里情景重现的

就是那个少年

从山上草窠中
捡一窝鸟蛋
又跟着爸爸返回去送还的

就是那个少年

被那刺玫扎了多次
却总是嗅她抚她
半辈子只把这一种花香迷恋的

就是那个少年

背上书包上学
放学后径直奔向田野
帮妈妈采棉的

就是那个少年

沿着小路
偷偷走向大路
让爸爸妈妈找了五十年
至今不知掉头回还的

还是那个少年

逃　票

大约是一九七二年吧
我从窟窿山乘降所搭乘绿皮火车来过一次朝阳
贴胸的衣兜里
揣着五块大洋
那是当年妈妈出嫁时姥爷陪的嫁妆
妈妈眼含泪水把它们从箱底翻了出来
让我到朝阳的人民银行兑换成人民币
用以度过饥荒

那一次我是逃票来的
验票的人，一眼睁一眼闭
拍了拍我的肩膀

乘降所已经取消
绿皮火车不再运营
我至今还没有把那五毛钱票款补上
这是我对国家的一次欠账

登北票大黑山

登到山顶了

往北去

就是敖汉

农一半

牧一半

再往北

就是蒙古高原

沙一半

草一半

还是原路返回吧

往南走

就是北票

山一半

田一半

再往南

就是渤海湾

咸一半

淡一半

登得再高
总归要回到地面
走得再远
走不出乡恋

当年爱情

这一列倒行的火车
正在驶离现实时空

不知我的手机
能不能打通小站上
那台轮盘式电话
不知一九八三年的红色号志灯
能不能拦停这列
搭乘着赴约人的火车

不知那个二十岁的少女
是不是依然在那里等我
不知走下车这个老男人
她是否认得

时代咏叹

在我小的时候
家境贫寒

邻家白奶奶对爸爸说
看你那几个"拖油瓶"
将来还不得出去要饭

不知爸爸哪来的灵感
脱口说出一句令全村人至今不忘的名言：
"等着看吧
有人就会有钱"

爸爸已是耄耋之年
他还记得当年那句气话
不无欣慰地说道：
"你们兄妹几个还算争气
好歹没让我打脸"

面对驼背的爸爸

我的心，阵阵发酸

蜗牛（一）

那只蜗牛在爬树
一个上午过去了
它仿佛还在原处

妈妈喊我回家吃饭了
她的声音无论多远
我都听得清清楚楚
那么就让蜗牛慢慢爬吧
吃过了高粱面蒸饺
再来察看它的进度

这是五十年后的一个下午
我又来到这片林子里看蜗牛爬树
喊我回家吃饭的声音始终没有传来
眼看着天色已暮

蜗牛啊，蜗牛
可惜你的包袱太小，力气不足

装不下

也背不动我的孤独

风雨中的羊羔

一只羊羔
在找母亲

"妈妈"地叫着
听上去令人揪心

雨水
泪水
难以区分

我们何曾不是这样一只羊羔
每一次都是母亲找到的我们

雪　球

只要她把雪球向你打来
无论打得轻重
你都要大声喊痛

打痛了就是爱情

无论她是不是喊着不怕
你雪球团得一定要松
出手一定要轻

打中了就是爱情

麻雀与草人

去年是他
今年还是他
只是套了件马甲

唬我那一双小儿女还行
任他摇头晃脑
举鞭挥打
我一点也不害怕

其实我知道农民的心思
草人往那儿一立
就是告诉大家，庄稼就要熟了

丰收在握的人们
不在乎多那么几捧
还是少那么几把

蚯蚓

那条蚯蚓
被犁铧误伤

断作两截

哪一截也顾不上回过头
舔舐伤口

春天到了
为了耕耘
这么大的痛
也忍了下来

乡 土 里

钻井队来钻井了
村里，指派几个人前去协作

老包叔对我弟弟说：
"你的任务只有一个
那就是
站在一旁
隔一会儿喊几声'躲躲'
那钻头
不会拐弯
谁知道
会伤着什么"

爷爷的蓑衣

爷爷遗留的蓑衣
挂在那里

叔叔说，应该烧掉
那个"蓑"字
草字头下是个"衰"
不吉

爸爸说，必须留着
草衰了，庄稼才能长好
对于农民来说
这是大利

这蓑衣，还能不能挡风遮雨
这么多年了
他俩谁也没有穿出去试试

远　志

有一种中草药材
叫远志

妈妈让我挖这种药
不只图卖钱
更不是家人所需

妈妈说，可以不知道它的药效
必须记住它的名字

一件少年装

妈妈遗物中，有一件少年装
纯棉布
手工缝
已经变腐发黄

我的？
妹妹的？
还是弟弟的？

爸爸说
你们几个接茬儿穿过这身衣裳

有补丁，有破洞
今天已成时尚

我上了老家的名人榜

我的头像
上了四家板村文化墙的名人榜

爸爸隔三岔五到这里看我
老话说这叫脸上有光

我多想搀着爸爸到铁道南看看庄稼长势
或者同他一起回到老屋
把小烧烫上
可是，胳膊不在这里
腿也不在这里
只能这样眼睁睁地看着爸爸

爸爸跌倒了
我也不能前去把他扶起
只能眼睁睁地看着他自己爬起来
或由路人帮忙

四家板，是我老家

四家板，是我老家

那个童年的我
一直没有离开这里
不是跟着爷爷学蒙语
就是缠着奶奶讲童话
从未想过要长大

四家板，是我老家

那个少年的我
一直没有离开这里
不是跟着爸爸学酿酒
就是帮着妈妈采棉花
从未想过走天下

四家板，是我老家

走出去的那个青年

根本不是我

不过是我把自己的名字给了他

才几十年工夫就老了

如果我不去迎接

他根本找不到家

辽　梅

大黑山上一株山杏
发生了变异

它的花
由单瓣变成了重瓣
它的色
由淡红变成了艳红

就这样
第一株辽梅得以命名

奇迹也许早已在其他山杏那里出现
幸运的是
它遇到了善于发现的眼睛

世界上
有许多这样的事情

留下一点

我有一个习惯
每次做菜
都要把切好的肉
留下一点

这是继承于母亲的
一个习惯

每次留下一点
几次下来
我那个苦难的童年
便会多一回肉香

每次留下一点
几次下来
我那个苦难童年
便会跑过来，为我点赞

空 巢

你们今年来晚了
比先到者晚了整整一个星期

燕道已经打开
燕窝上的蛛丝已经扫去

你们是出发迟了，还是飞得慢了
让我等得很急

是不是有一场难舍难分的别离

你们的孩子没有来吧
哦，那两个小可爱
一个已经出嫁
一个已经娶妻

翅膀硬了
咱就不再护庇

想去哪里

就让他们飞到哪里

我的孩子们也都离开这个家了

你们来了，我就不再孤寂

乡 恋

老家的小河
咋看咋像个"乡"字

丰水期
"乡"字饱满

枯水期
"乡"字干瘦

无论水多水少
"乡"字不变

每次归来
我都会沿河走一遭
留下的足迹
也是一个"乡"字

供 奉

走进一户山里农家

我看到

他家供奉着

佛爷

菩萨

药王

寿星

龙王

山神

土地

还有蛇仙

狐仙

黄仙

说不清他到底信仰哪种宗教

主人不无幽默地说：

"我这是

敬啥供啥

信啥供啥

求啥供啥

怕啥供啥

咱庄稼人，比谁都小

哪路神灵挑眼都受不了"

经　验

一只小小的蜘蛛
从房笆垂下来
（那丝细细的线
几乎看不见）

爷爷说
喜蛛蛛来了
一定有好事
不在今天
就在明天

爸爸说，是不是天要下雨
妈妈说，是不是公社下发救济款
我想的是语文算术都考了满分
妹妹想的是一定是大队书记女儿穿的那种花布衫

几十年后，一只小小的蜘蛛
从天花板垂下来

喜蛛蛛来了

不一定有好事

比如当年

杀 年 猪

腊月二十五
弟弟要杀年猪
他约我回去看看
说是好歹也算个民俗

抓猪的六七个人都年近花甲了
我个个都熟
折腾了半个多小时才把猪抓住
一个个累得腿软气粗
满脸豆大汗珠
掌刀的依然是本家三叔
今年已经七十有五
捅了几次才捅到要害
还被猪血溅脏了衣服

弟弟说，咱们村能干体力活的男人也就这老几
　位了
说这是最后的农民也不为过

再过个十年八年

别说杀年猪了，恐怕已经没人在这里居住

那 一 年

那一年，我追逐一群彩蝶
爬上后山

坟包前坐着一个老头
挥手喊我上前

我说我不认识你
扭头下山

妈妈担心我遇到了鬼
又是烧纸又是许愿
爸爸说："八成是哪个先人
想把你看看"

土 井

这是老家的乡亲们
保留下来的一口土井

老年人说
俯下身子看一看
就能看到自己当年的身影
只是不能久看
看久了
还会看到屈死的亡灵

年轻人说
那次淘井的时候
捞出许多旧物
每一件看上去
都让人心动
比如，一条头巾上
打了四块补丁
一块标语牌，虽然字迹不清

可谁都知道当年内容

还比如，绣了鸳鸯的手绢

当然代表爱情

设了井盖

建了井亭

我是紧紧盘绕在辘轳上的井绳

割肾的母亲

在我们四家板村
有一位割肾救子的母亲

在记者采访她的时候
她说，别说割肾
为了儿子
又何惧割心

当有人称她为英雄的时候
她说，谁也不想因此成为英雄
其实最幸福的母亲
就是一辈子默默无闻

苦 瓜

苦啊!

这么苦的东西
为什么总是想吃
为什么变着花样烹调

是不是为了那点回甘?

就像放不下老家
忘不了当年

社区工作者

有人说我像喜鹊

有人说我像乌鸦

好事歹事

都在场，整天叽叽呱呱

有人说我像布谷

一边说着"不哭不哭"

一边送迷路的孩子回家

有人说我像麻雀

没多少消停的时候

总是一惊一乍

有人说我像啄木鸟

这里敲打敲打

那里敲打敲打

为什么不说我像天鹅呢

不那么忙碌的时候

我也优雅

妈妈的药

爸爸把妈妈生前吃剩的药
纸包纸裹后
放进小木匣锁好

说是等他走的时候
一样不少地带着

紫 砂 壶

你来塑形
我来刻图

五色泥
富贵土
温润古朴
不媚俗

杏花密
松枝疏
诗情画意
呼欲出

水也燃成土
火把土包住

你把茶烹
我把琴抚

忙也一壶

闲也一壶

啜的就是工夫

浓也一壶

淡也一壶

咂的正是起伏

品山河无恙

阴霾散

滋五脏六腑

阳气足

高兴的喜鹊

我走到哪里
这几只喜鹊飞到哪里

不知为什么
它们总是收不住
嘻嘻哈哈的笑声

大凌河南那片地苗齐苗壮
大凌河北这片地苗齐苗壮
山坡上那块地
山洼里那块地
也有不错的苗情

我走到哪里
这几只喜鹊跟飞到哪里
它们都是乡下的孩子
没有比看到好庄稼
更快乐的事情

天鹅回来了

它们的声音是那么欢快
我听上去
每一只说的都是
回来了
回来了

回来了就好
回来了就好

我对天鹅这样说
妈妈对我这样说

虽然大半年在外奔波
没能带回来什么

老 牛

时而清醒时而糊涂的老爸

有一天对弟弟说:

"咱家那头黄牛

一定好好养着

它又有功劳又有苦劳

等它老去那天

在后山上找块地葬了

最好从咱家老坟那里能够把它看到"

弟弟说:

"悔不该没有问问老爸

就自作主张把那头黄牛卖掉

虽然早已不用牛犁种地了

可它能吃多少草料

为了那几个小钱

至今还在瞒着老爸

真是不孝"

蜜　蜂

一只蜜蜂把妹妹蜇了
她哭得泪水涟涟

妈妈告诉她
蜇了人的蜜蜂
很快就会死去

妹妹哭得更加伤心

刀刻的初恋

我爱你
张伊娜
这是鲁哲
刻在白杨树上的一句话

鲁哲在哪里
谁是张伊娜

哦，一个在故乡
一个走天涯

树的痛已经成疤
人的伤是否结痂

大 雁 飞

天上的大雁
一会儿飞成"人"字
一会儿飞成"一"字

飞成"人"的时候
我在前
飞成"一"的时候
我在后

开心的鸟

天还没亮
鸟，就叽叽喳喳地叫
一个比一个开心

尽管还不知到哪里觅食
但它们知道
只要不挑三拣四
就不愁吃不饱

仔细听上去
大多是麻雀
鸟类中的普通百姓

一双旧鞋子

在乡下老屋
找到一双鞋子

我说
这是我小时候的鞋子
那鞋底
是妈妈纳的
我还记得
那晚的月亮

妹妹说
这是她小时候的鞋子
那鞋帮上的补丁
是爸爸缝的
她还记得
那煤油灯模样

这双鞋子

我穿过

妹妹也穿过

它就是我们的童车

它就是那时候的家乡

上 钩

他大喊一声
上钩了

我循声望去

眼看着
他被鱼拖进了水里

那一天，在老家看日环食

想起了小时候
推着个铁圈
在村子里，咕噜噜跑

天上
也有一个孩子
像我一样淘

做一盏煤油灯

铰一片铁皮
穿个眼儿
搓一支棉条
从眼儿中穿过

铁皮之上是灯芯
铁皮之下是灯根

再找一个玻璃瓶
装些煤油

等一会儿吧

天黑的时候
我会嚓的一声
点亮自己的童年

垃　圾

那个人，哐哐哐装好垃圾
便推着清运车走了
这时候，太阳还没升起

不知道我们这个大院里的人们
每天来来去去
都在做什么
只知道
每家每户都会产生许多垃圾

拔起秧子

我拔起秧子
带出了几颗土豆

爸爸说
用铁锹挖一挖
还会有的

也许，最大的那颗
并未提溜上来

当年的豆角

昨天摘的，够长够俊的几乎摘尽

今天早上，妈妈又领我去摘豆角

哇，只一天工夫又满架了

依然卖相诱人

看来爸爸还得赶集

昨天去的章吉营

今天逢集的是康家屯

爸爸最不愿做的事情就是赶集

他说，挺大个老爷们儿往那儿一蹲

既要大声叫卖

又要讨价还价

如果不是为了儿子的学费

他绝不会跑出村子丢人

其实，爸爸到了集市上从不叫卖

买菜人说多少钱就多少钱一斤

爸爸病了

爸爸病了
爸爸变得十分懦弱
整天一副怯生生的样子
面带愧色

爸爸病了
尽管我一次次跟他讲
这是积劳成疾
为儿女操劳所致
他还是
一个劲儿地自责

爸爸病了
爸爸的病
是他一生中唯一的过错

老　家

来到乡下，每一个旧房子
都像老家
每一个老头儿
都像爸爸
每一个老太太
都像妈妈

只要房前有树
屋后堆柴
院里种菜
门口养花
扁豆角的秧子这儿爬那儿爬
院墙上坐着大大小小的倭瓜
这个院子
就是老家

一定有个弟弟
把我迎进门里
说桑道麻

小城故事

楼院里的小花园
种满了蔬菜

你家一块
他家一块

街道干部一次次劝止
嘴上答应了
却一拖再拖，至今未改

退休手续一办
一个个都变回了农民
有人觉得无奈
有人觉得可爱

虫鸣声声
我又听到了少年时代

这是你吗

这是你吗？爸爸

坐在轮椅中

说不出一句完整的话

眼睛如电压不稳时的白炽灯

时明时暗

枯枝般的手

枯草般的发

笑与哭没什么两样

快乐与痛苦都这么表达

这不是你啊，爸爸

快快站起来吧

领我去种地

扶我去上马

再跟我说一说

为什么不能软的欺负硬的怕

要不然，咱俩一起上山看看妈妈

回到老家

发小们也都老了
人人两鬓挂霜

小名一叫
个个当年模样

不比钱多钱少
不谈身体状况
高下只论酒量

我问起那个班花
他们一个个笑得前仰后合
七个人的手指
一齐指向全身上下一般粗的厨娘

难怪他们都说
晚一会儿入席的还有一位神秘女郎

我恨不得把染黑的头发立马还原

他们说得没错

回老家了，别装

身　边

我的身边
一直伴随着一个少年

你们看不见

自从走出老家那天起
他就伴随着我
依然穿着朴素的布衣
一直没有学会撒谎
纯粹
率性
句句真言

我坐在主席台的时候
他也伴随
有那么几次
突然夺过我的话筒
脱稿讲了起来

赢得掌声一片

你们看不见

一个人的小园

那条秧爬出墙啦

你说，没啥
开在外面的，都是谎花

这雨下得真是时候

真想说句我爱你啊

话从嘴边
回到心头

道一声这雨下得真是时候

红了山桃
绿了岸柳

再道一声
这雨下得真是时候

乡　愁

乡愁是牵牛花

没日没夜地顺杆爬

吹破一个又一个喇叭

乡愁是毛毛草

编起来

不是小兔子

就是小老鼠

快乐这样表达

忧伤也这样表达

乡愁是紫杏树

墙外开枝散叶

墙里根子深扎

苦杏仁越嚼越香

吃多了舌根发麻

乡愁是瓦上霜

大太阳一照
都是幸福泪花

乡愁是那只秃尾巴老狗
不知它怎么得到的消息
每次都蹲在村口接我回家

乡愁是皱纹
乡愁是白发

乡愁是满脸皱纹一头白发的人
含泪在喊妈妈

一 盆 花

这一盆花
在户外晒了一夏

儿子说
这是一盆喜阳的花

天气已经转凉
阳光也不那么浓了
我把花搬回了室内

儿子说
这盆花，枝枝叶叶里已经贮满了阳光

等着吧，用不了多久
阳光就会从枝叶间冒出来
开花

回　乡

坐着收割机去秋收的弟弟
手握一把镰刀

不亲手割倒几株庄稼
他心有不甘，手也刺挠
那表情
说哭像哭
说笑像笑

站在熟悉而又陌生的农田边上
我欲言又止
不知说什么才好

和 面

面多了加水
水多了加面

面多了再加水
水多了再加面

往复循环

等待吃馒头的人
饿得眼蓝

乡　言

你抱得起他人
抱得起自己吗?

——我从村中走过
不知谁说了这样一句话

千 佛 洞

据说
每人数出的个数都不一样
有的少于一千
有的比一千还多

尊尊法力无边
个个操控福祸

我就不去数了
也恕我难以一一拜过

是福不是祸
是祸躲不过

妈妈织的毛衣

织进星光

织进月光

妈妈

一针一线

为我织着衣裳

织进灯光

织进目光

妈妈

一针一线

把我织成远方

各自旋转

两张圆
挨得很近
各自旋转

两圆相切现象偶尔出现
相切时
溅起火花一片

有人说那是在相互碰撞中彼此交融
有人说那是在互相摩擦中彼此消减

两张圆
都是铁板

绿皮火车：车中有我

绿皮火车
天天从村前驶过

我攀到铁道边那棵大杨树上
观看都是些什么样的人
在车中乘坐

直到有一天
终于看到了车中有我

那列火车从哪里驶来向哪里驶去
我还清楚记得

至今还没有抵达车标上的终点站呢

多想告诉坐在绿皮火车上的我改乘高铁啊
可又没办法与之联络

当年远山

我站在这当年看起来很远很远的山上回望
却看不见并不遥远的家乡

月　饼

那年中秋
爸爸买回两块月饼

妈妈一刀下去
我和妹妹
每人半块月饼

妈妈两刀下去
爷爷奶奶叔叔姑姑
每人四分之一块月饼

那年中秋
我和妹妹
每人吃到了一块月饼

那是用爱拼起的完整

七 夕

织女进城做保姆了
牛郎带着子女在乡下种地

一年团聚一次

梨 花 闹

穿上花裤花袄

头上把花插好

春天来了

要笑，咱就尽情地笑

想美，咱就美得招摇

绝不藏着掖着

就这样无羞无臊

随着风的节奏

扬扬手

跺跺脚

扭扭屁股

晃晃腰

蝴蝶上下翻飞

燕子也凑热闹

看到这成群结队，争先恐后

下田种地的农家嫂

我也想

跟着美一美

随着闹一闹

退 休 记

在大凌河畔遛弯

照着菜谱做饭

会会老友

读读报刊

想喝就喝

老伴不再劝阻了，自己设限

想睡就睡

不分夜里还是白天

回忆录撕了写、写了撕

折腾半年

终于不再执念

与孙子的视频连线

又被画面之外

儿媳那一声"该做作业了"中断

老两口互相做个鬼脸

幸福就这么简单

春 花 记

春天好不容易来了
哪有工夫弄姿摆态
就这么随着性子
大大咧咧
欢欢喜喜
叽叽嘎嘎地
争着抢着
开

红就红
白就白

黄也探出头
紫也凑上来

就是这样一群野丫头啊
不信你不喜爱

寸草铡三刀

寸草铡三刀

没料也上膘

喂给弟弟的小米饭

有些噎人

有些糙

怕他消化不了

妈妈先替他嚼嚼

那匹马也是农家的孩子啊

比儿女还娇

妈妈嚼饭用嘴巴

爸爸用铡刀

蒙 太 奇

爷爷骑牛
奶奶骑驴
爸爸骑马
我骑着一根柳树杈

爷爷骑牛上山了
奶奶骑驴跟着他
爸爸从马上跌下来
拄起我的柳树杈

能 家 站

能家站已经成了旧址

列车依然路过
只是不再经停

小芳
坐在站台那条破旧的长椅上
一会儿望西
一会儿望东

嫂嫂告诉我
四十多年了，她一直在等

过 路 人

村后的山上，坟墓遍布

墓碑上的名字
大多相熟

祖一辈
父一辈
也有的是同一辈
甚至下一辈
几十年前的大半村里人
搬到这里居住

喊一声，我来了
他们会不会破墓而出

轻轻地，我走吧
权当是外来人从此过路

纪　实

爷爷说
麻雀气大
关在笼子里
一两天就会气死

于是
我打开笼子

麻雀飞了
却有一只我不知道名字的小鸟
飞了进来

津津有味地
啄食麻雀宁死不吃的米

手 艺 人

长木匠

短铁匠

不长不短锡镶匠

一个短了不行

长了可以锯下去

一个短了不怕

炼一炼可以锻长

一个分毫不差

铁补丁该大则大该小则小该圆则圆该方则方

妈妈是木匠

把我的多余之处——锯掉

让我长短适度正正当当

爸爸是铁匠

锤打中取长补短使我有模有样

老婆是锡镶匠

替我把人生漏洞——补上

钥 匙

我的钥匙丢了
我捡到了一串他人的钥匙

我用他人的钥匙
打开了自己的门

我丢失的钥匙也能打开别人的门吗

也许所有的门都是这样
不在于用什么锁着
而在于为什么锁着

滋　味

小时候
总觉得别人家的饭菜好吃

长大后
又觉得饭店的饭菜好吃

如今回味
哪里的饭菜
也不如老家的好吃
谁做的饭菜
也不如妈妈做得好吃

望 你

望你
把窗玻璃都擦薄了

大路上
小路上
走来的
都是别人的爱情

已经到了无泪的年纪
又是什么
把眼眶充盈

那 一 年

那一年我骑着一匹马
上山

马很温顺
不颠
不摇

山顶上
我放开这匹马
让它吃草

那一年，我就这样丢了一匹马

爸爸说骑着它的时候
必须夹牢
不骑的时候
一定把它拴好

那匹马，至今也没找到

望 云

他抬着头，久久地
望那片云

是想起了妈妈的炊烟
还是看到了
炊烟中的妈妈

碎 梦 记

那条弯路到底走上了坦途
还是跌到了崖下
那只狼到底采没采到
开在小鹿身上的梅花
那条抱着流凌奔跑的大河
到底是刚刚结冰
还是正在融化
那个打开墓门走出的老人
到底是想透透气
还是走回了山下的家

我明明丢了一把钥匙
他们却为我找回三把
每一把的齿口不同
却为什么都能打开我的门锁
那只变成留鸟的白天鹅
到底爱没爱上那只不肯冬眠的蛤蟆
那个喊我爷爷的小男孩

怎会转眼间变得胡子拉碴

为什么那么多人把月亮当作太阳

把朝晖说成晚霞

午　后

阳光很好，白云很好
那只小鸟眯着眼
是在遐思，还是在窃喜
它的羽毛柔亮柔亮的
也很好

那朵花开了一条门缝，蜂儿便钻进去了
是想把花的门重新关上吗
这样不好
有蜜就应该共享
不论是多是少

那座山刚才还在远方
这会儿这么近了
是我走得太快
还是它也迎着我跑
不知它记不记得
把那三亩谷子地背来

我已经磨好镰刀

大柳树摇摇晃晃，是不是醉了
舀一瓢井拔凉水给它喝吧
清胃醒脑

老鼠洞旁边
躺着一只懒洋洋的黑猫

不知那群牛是什么时候走散的
还不是有各自喜爱的青草

牵牛花换了九只喇叭
也没把集结号
吹成调调儿

此刻，阳光很好
离天黑还早

互 殴

一天凌晨

我朦胧看到

有两个人在马路边

你一拳我一拳地互殴

隐约传来咚咚的击打声

我赶到近前

看到的

却是两个垃圾桶

一个标着：可回收物

一个标着：其他垃圾

上　坟

妈妈
能不能出来
见见我啊

即便阴阳两隔
我也不会害怕

想待在那边
您再回去
带上冥币
带上鲜花

不想待了
我背您回家
无论依然生前模样
还是青面獠牙

扶 贫 记

座谈会上
贫困户老刘这样发言

"仔细想想
国家比咱老百姓还难
一个人给一分钱
就是一千四百多万元
一个人收一分钱
也是一千四百多万元
或出或进
两种盘算"

道理不是这样简单
道理就是这样简单

一幅速写

你怎么这样狠心
竟然把我父亲的腰身
画弯

他的腰身怎么会弯呢

你看到的
不算

留　守

那个婴儿
抓着奶奶干瘪的乳房
跟奶奶学话

今天，终于清清楚楚地
叫出了
　"妈妈"

乡土（一）

百年之后
家乡的庄稼地里
一定有我

我是玉米根部沃土中的一撮

爷爷也会在这里
爸爸也会在这里
无论生前死后
这里
都是我们的不舍

直到老了
我才彻底明白
除了家乡，没有更好的选择

老 榆 树

当年就那么老态
如今依然这样荣华
当年不曾数过
好像至今还是那么多枝杈
我竟然找到了
被我压折的断茬

从树上掉下来的时候
只有十岁
从地上爬起来的时候
我已经年满十八

我孤独站在树下
虽然来来往往的年轻人
没一个前来搭话
可我却猜得出
谁是他们的爸爸

当年的远方千里万里

如今的远方就是这老家

林 子 里

杨树林里

鸟鸣传来

听上去叫的是

来

来

清流潺潺

草花摇摆

青蛙

叫绿了藓苔

一只只鸟

天上飞落

地上飞起

左边飞去

右边飞来

不知哪只鸟叫的

来

来

那几位林中剜野菜的姑娘

个个可爱

春风十里

布谷声声
春风十里

一里葵花

这是在种寓意
也是在种希冀
那花
每一朵都像太阳
团团圆圆，自带光芒
灿烂无比
每一朵都向太阳
日里夜里，目标不移
那籽
颗颗满
粒粒香
分明就是咱老百姓的日子

二里大豆

这作物古时候叫菽
咱中国正是原产地
谁承想，让美国转基因弄得有些变异
咱要把它种回原来的样子
就喜欢这种中国味道
不在乎产量高低

三里谷子

这是在种乡愁
这是在种记忆
也是为网红们种一片打卡地
红山文化遗址中有它炭化的实物
坐月子的人少不了这生奶催奶的东西
仅凭那油汪汪的米汤就足以令人垂涎
何况还有小米加步枪的革命故事

四里玉米

这是农民最喜爱的作物

普通如农民

廉价如农民

皮实如农民

本分如农民

身直有节，却不空虚

颗颗籽粒团结在一条轴心上

紧密而有序

种下玉米就是种下了踏实

国家的粮仓和百姓的肚子都需要玉米垫底

布谷声声急

春风十里绿

乡　谣

桃花、李花、杏花、荷花、辽梅花、荆条花
每种花都应时应季绽开

十万个骨朵
至少有九万九千九百只蜜蜂等待
一只只白蝶彩蝶
也不肯置身事外

牛在棚，猪在圈
羊被挤奶
溜达鸡房前屋后
红苹果山里山外
虽然低声细语、书生做派
那个城里来的第一书记
依然人人崇拜
看到了吧，说来就来
刚刚脱贫的铁柱子
每天都要领着刚刚娶来的新媳妇到处显摆

种瓜得瓜

种豆得豆

撒下的是谷子

绝不会长出小麦

既然怀孕了

不管是明媒正娶，还是暗结珠胎

迟早都会显怀

走东

走西

闯南

闯北

无论混得是好是坏

看哪个小犊子

过年的时候

敢不回来

卖瓜

卖果

卖阳光味的小米

卖大棚产的蔬菜

哪个丫头胆敢卖笑卖身

非把她大卸八块

该种的种

该栽的栽

该收的时候别耽误

该储的好好储起来

谁也别说自己有多大能耐

还不是赶上了新的时代

爱的力量

老伴住院，他陪护

他跟我说：
"假如我也挂号问诊
说不准
我们两个人的病
谁的更多，谁的更邪乎
也怪了
她这一住院
我反倒浑身是劲，百病全无"

柴　垛

老人讲：“从柴垛大小
可以看出
这户人家是不是勤快

有了足够的柴
小日子
才能火起来”

如今做饭不用柴了
老规矩依然没改

老家皮影戏

一会儿是人

一会儿是鬼

一会儿是英雄

一会儿是奸细

妖怪比神仙更有情义

杀人的是自己

死去的也是自己

仰首是男

低头是女

自己与自己恋爱

自己与自己离异

一声：啊——呀！

一声：嚎——呜——

武松与老虎混为一体

唉，又唱错了一句
把善有善报、恶有恶报
唱成了善有恶报、恶有善报
正想着改口重新唱起
看影的人却说没错没错
大声嚷嚷着
继续继续

班主竟说，干咱们这行的
就是用假嗓子唱出世间真谛

一本旧书

走进老家那个存放旧物的小屋
隐隐听到
角落里，传来泣哭

我看到，废油灯压着一本旧书

记得书中主要人物是一个女子
晴天一身汗
雨天一身泥
积极肯干
不惧劳苦
有着很高的思想觉悟
不仅带病修建"大寨田"
还揭批了把两穗生产队的玉米
偷偷拿回家的丈夫

想不起这个女子的容貌
可能是作者没有细致表述

那也是一种时代疏忽

我把这本书拿了起来
小心擦去尘土

分明就是幻觉啊
哪有什么泣哭

木 犁

乡下老屋里
庄重地摆放着一架木犁
贴在犁弓的红纸上写着四个金字

这是爷爷用过的木犁
爷爷当年种地的时候
手中挥动着赶牛的鞭子
他身后还有一条鞭子

这是爸爸用过的木犁
那一年，曾经打过铧子
"大寨田"看上去平平整整
表土下却是一块块与山体相连的坚石

我也曾用过这架木犁
爸爸说，联产承包了
你这个属牛的人，该在自家的土地上种几条垄
试试

我为老牛配套，种下了一亩三分地谷子

（那片二坡地常常出现在我的梦里

难道说，那里扎下了这个梦的根子）

弟弟说，老黄牛拉不走贫困

木犁杖种不出小康

该退去的就得退去

其实，不是半斤老白干

也不是因为他是农民诗人

而是乡村振兴战略给了他这样的底气

乡下老屋里

庄重地摆放着这架木犁

虽然不再用它耕地了

爸爸却固执地认为

只有它在，庄稼人的日子才能"吉祥如意"

思想河（三十首）

（一）

汇进河里了
你就不要说
我是最圆最亮最清的水滴

你已无法证明自己

（二）

据说
鱼的记忆
只有短短几秒
刚刚脱钩
又对下一个饵张嘴

难怪我钓上来这一条鱼
嘴巴上，伤痕累累

我的记忆力还好

我清醒地记得

已被同样的石头绊倒了九回

（三）

水涨一些

那只癞蛤蟆便往高处挪一挪

他说："俺不怕水淹

俺也不想淹水"

（四）

没人能知道

河里到底有多少条鱼

贪婪者恨不能把这条河煮了

（五）

黑老鸹天天飞到河上照镜子

最开心的时候

正是白鸽也来照镜子的时候

今天，依然等待白鸽与它同框

张望中，忘了振翅

扑通一声落进了水里

（六）

河里的鱼

一群向上游

一群向下游

不入群的，也有

站在水边的你，是在享受孤独

还是把谁等候

（七）

滩上的鸿雁

一会儿就会起飞

它们是南来的

正在一路向北

歇歇脚

找找食

喝点水

虽然这里风光不错

但只要心中有了远方

那就只有远方才美

（八）

那河，流着流着就清了

不像我

越走身上越脏

（九）

有一条河突然断流

裸露的河床上

都是人们丢弃的东西

其中一件曾被称作爱情

（十）

他，每天都来卖龟
她，每天都来买龟

她不知道
他每天都在她选定的放生水面之下
设暗网捕龟

他嘴上对她说：
"这东西大补延年益寿"
他心里对她说
"不如你付了龟钱
再给我一点跑腿钱
我去替你放生
还会为你祈祷三次：长命百岁"

（十一）

到了寒冷的时候

你会看到
每一条河都有脊梁
每一滴水都有骨头

（十二）

河问我
你知道我藏了多少金子吗

我对河说
怕你守不住自己的沙子

（十三）

那是一条大河
洪波中怎能没我

那是一条大河
浪花中我是一朵

不要问我
为什么追随它奔向大海

不要这样问我
就像不要问我世界为什么这样辽阔

（十四）

一个老人站在河边

看到河面上那一道道波纹
他，下意识地摸了摸自己的额头

（十五）

向下
何尝不是一种高尚的境界

比如河水
比如浮云
比如身居高位的人

（十六）

在两条鱼的争抢中

月亮碎了

（十七）

一条小河来到两河口的时候
奋力掉头
它嫌那条大河的水太浊

我也有过同样的失落

（十八）

如果这条河站了起来
你还说它浅吗

哦，你会说它薄

（十九）

河说
我不在乎水多水少
水说

那是你知道我们在乎你

（二十）

一条鱼
奋力跃出河面
挣扎着在空中悬停
并且，长吟一声

落回水中
它便以龙自居了

（二十一）

你把手从彼岸伸过来
我把手从此岸伸过去

这河上就有了桥

（二十二）

河知道

那高高在上的云团里

也有自己的孩子

用不着喊

迟早都会回来

（二十三）

那只鸟把自己投了出去

就像打水漂

用力太大了吧

横穿了一条河，依然收不住自己

到了岸上还在跳脚

不知道它是狂喜

还是暴怒

看不清它的脸

（二十四）

雨落在河上

就像回家的孩子在敲门

河，第一时间把门打开
抱起这孩子
亲了几口

（二十五）

河里
一定有一滴最高兴的水

就像在这人群中
我一直觉得自己是那个最幸福的人

（二十六）

从河里甩出来一条钓线

是谁在说
最容易上钩的鱼，在岸上

（二十七）

不知道这条河流了多久
过往的那些鱼
衔着岁月
游到了哪里

我已记不得钓上了多少条鱼
放生了多少条鱼
直到今天才悟出
钓上的
放生的
都是我自己

钩也是我自己
饵也是我自己

（二十八）

天寒地冻的时候
河，用北风把水缝起来做被子
给鱼盖上

（二十九）

"大鱼吃小鱼，小鱼吃虾米"
一个人在河边呆立
口中念念有词

我及时接了一句：
"虾米吃河泥
泥里有鱼子"

（三十）

在奔向大海的征程中
没有一条孤独的河
一路上，加入者很多
只不过
它们的名字已被湮没

无论是自愿
还是被自愿
这都是不错的选择

回老家有五种方法

一是自驾车上路

走滨河大道

二是骑自行车前往

一路上走走停停

杨树下观鸟

凌河边听涛

三是打出租车回去

六十元不多不少

四是徒步出征

选择捷径

年轻时说走就走

如今闪念而已

叹一声

青春真好

五是临睡前想想爸爸

想想妈妈

想想屋前红杏

屋后毛桃

村东小芳

村西二小

闭上眼睛就到

我也在这个季节开花了

你听，那剜野菜的小妹妹
在那边喊着什么

是不是
土地里爬出来一条虫子
头上开着花朵

你听，那采椿芽的小哥哥
在那边喊着什么

是不是
天上飞过来一只小鸟
头上开着花朵

你听，那放羊的老汉
在那边喊着什么

是不是

山水中游出来一条小鱼

头上开着花朵

你的头上也开着花呢

不要用惊奇的目光看我

花枝乱颤

雨后，花树下积了一汪水

树上的花

看到了自己的样子

自己的色彩

那个美啊

真的这么美吗

第一次知道自己多么可爱

有的张开了惊叹的嘴巴

有的调整着自己的姿态

有的嫌蝴蝶太丑

抬手把它推开

有的怪蜜蜂来迟

故作不理不睬

你也看到花枝乱颤了吧

那是花朵们兴奋得在枝头舞了起来

旧 日 记

我翻出了一篇一九八四年的日记

泛黄发脆的纸面上

记录着以下文字:

"今天,随李县长到北四家子乡克洛湾村调研

县长问我,这里的农民怎么样才能富裕

看到那里人均不到一亩坡地

山羊饿得啃石充饥

我说,唯一的办法

就是把他们搬出去

县长一声叹息

说我天真幼稚"

今天想来

这不就是"整体搬迁、易地脱贫"吗

在当年,我们没有这个实力

爷爷的葬仪

也许
你最放心不下的就是我
如今想来
也许我正是你眼角
最后那颗泪滴

而我
却像看热闹一样
看着村里人
忙前忙后
操办你的葬仪

当他们把你抬放进棺材里的时候
我甚至替你窃喜
捉迷藏的时候
我曾躲在那里
松香味
沁人心脾

那么多人都哭了

我却没哭

我不相信人们说的

再也见不到你

往　事

下雨的时候
爸爸总会把我往外撵
他说：浇浇，长长
把我当成了地里的庄稼

下雨的时候
爸爸也会打开屋门
抬头看
云，是不是够厚了
天，是不是阴合了
看得高兴了
就会喊我去小卖店打酒

"先赊着
下了秋，用玉米还他"

我站在一幅画前

这不正是我家的老院子吗
黄花子一片
刺玫瑰两丛
老杏树三棵

土井旁
一个壮年汉子
扯着井绳
与地球拔河

那女人，推着石碾子
把一粒粒岁月
碾破

那孩子
两个酒窝
是儿子
是孙子
会不会是我？

夜路当年

公社宣传队
夜间排练一部小歌剧，我是其中演员

四个坟墓有新有旧
个个有鬼
一个向我要饭
一个向我要钱
一个戴着高帽儿
向我喊冤
还有一个大声吵吵，让我推荐一个角色
由他扮演

乱石堆上
好几条疯狗，好在他们起了内讧
互相撕咬着
乱作一团

一只叫春的猫错把野兔

当作同类

不知羞臊地疯狂追赶

月亮这把破镰刀

一下接一下

把路旁的老柳树乱砍

是谁紧紧拽我衣袖

又吓出我一头冷汗

竟忘了还有二丫做伴

她是剧中可以教育好的少年

有一个少年

那一条条红柳被割成了筐
那溢出河床的水
被晒成干巴巴的阳光

那河，鱼跃浪卷
那岸，蝶舞花香
那少年的筐子里
装满幻想

那干巴巴的阳光把少年的脚烫伤了
那提筐少年把回村的路走丢了

那河，是我思乡的梦
那岸，是我梦乡的枕

天高地厚

我不知道

天有多高

但我知道

地有多厚

地的厚度

就是埋了我的爷

埋了我的奶

埋了我的妈妈

却埋不了一颗草籽的厚度

我的发梢之上

就是天

我家后山的顶上

也是天

日月星辰都在天

还有一句话真理一样实在

那就是

民以食为天

我不想知道
天到底有多高

我还想再叫，还想再等一等

当火化工前来推你的时候
我已崩溃

叫了三天
等了三天
你还不醒

我还想再叫
还想再等一等

妈妈啊，你快坐起来吧
哪怕动一动手指
睁一下眼睛
我跟火化工说好了
再给我们十分钟

山　路

小路领我上山

一边走

一边拈花惹草

一边走

一边追风逐蝶

一会儿左转

一会儿右转

没有想到

它竟在一块巨石旁迷失了方向

顿时哭得泪如泉涌

我不得不背起它下山

依然没有想到

还没走出多远

它竟从我的背上挣脱

一闪身蹿进了林间

我也听到了

那里有小鹿在叫

小鸟在喊

蝉　鸣

埋没了太久
沉寂了太久

即使吼不来爱情
也要吼
把一肚子委屈吼出去
憋着太难受

即使引来螳螂
也要吼
生命的意义大不过自由

压抑了太久
期待了太久

空 房 子

我想搬回来

爷爷能搬回来吗
奶奶能搬回来吗
妈妈能搬回来吗
搬进村西新房子的弟弟说
假如他们都搬回来
他和爸爸也搬回来

尽管这样，我还是想搬回来

说不定哪一天
当年藏猫猫让爷爷奶奶爸爸妈妈找不到的那个我
会从老院子的秫秸垛里钻出来
把我陪伴

花　开

儿子，把从省城带回的一株小苗
栽到墙脚

不知他栽植的时候为什么流泪
只记得他叮嘱我把花护好

我把小苗
移到心上
我把自己
栽到墙脚

我要告诉儿子
他的花开了
只有两朵
一朵看上去万分娇羞
一朵怎么看都像一个人在那里偷偷地笑

钻　井

再

深

一

点

就见水了

那钻杆

却拔了出来

留下一个空洞

再

深

一

点

就出水了

那钻杆

却拔了出去

只差薄薄一层

为你诊病

把这丸凤凰山
用这杯凌河水冲服
你的失眠症就好了

如果需要把疗效巩固下来
你就在每晚临睡前
朝着老家的方向
默念一声爸爸晚安
再默念一声妈妈晚安

木 耳

听一听
我也来听一听

听到了风声
水声
鸟鸣
还有花开的动静
那嘤嘤振翅的
一定是蜜蜂

有人来了
快去躲一躲吧
野狼
山兔
雄鹰
你们都要躲起来
只有远离了人类，才能得到安宁

那年冬天我先后遇到三只狐狸

第一次遇到的是一只白色小狐狸

看上去，无畏无惧

它把我堆起那个雪人的鼻子咬下来

叼在嘴里

挥了挥小爪子

扬长而去

走出很远后，冲我喊了几句

是不是嫌我堆的雪人

不够帅气

第二次遇到的是一只黄色大狐狸

我隐约看到

它惊恐的眼睛里有一杆猎枪

正在准备向我射击

在我弯腰抓取木棍的时候

它掉头向山上跑去

哈哈，竟留给我一只

奄奄一息的山鸡

第三次遇到的是一只不大不小的红狐狸

在我看到它

它也看到我的时候

它竟人一样站起

一双媚眼

实在令人着迷

我身不由己向它走去

没想到

它身子一扭，不见了踪影

每每想起

总会有一种失意

它们很小很小

前行中
一脚踩死了多少只蚂蚁
你不知道

它们的个头儿很小很小
站立起来
你也不一定看到

它们的叫声很小很小
叫得多惨
你也难以听到

兄弟啊，其实我们也很小很小

生　日

六十年前的今天
我的妈妈
生下了我

今天
我喝得酩酊大醉

为了我的生
为了妈妈的痛

酒桌上
那边是从天堂归来
为我过生日的妈妈
这边是我

放归的野生动物回来了

这是一只人工收治的野生动物
伤愈了
体健了
晨光中把它放归原处

夜半时分
是谁敲击野生动物收容救助站窗户

放归的那只野生动物回来了
还带来一大帮
家人
亲属

收养员隔窗劝它们回归自然
苦口婆心
甜言蜜语
好话说了无数

谁知那只与收养员亲近半年的野生动物
突然间变得十分恼怒

听 火 车

把耳朵贴在铁轨上听火车

来了吗
还有多远
是客车
还是货车

这是遥远的事情

那时候
火车，在我的家乡经而不停
我们不知道它从哪里来
只知道它开往北京

这是爸爸说的
全中国的火车都开往北京

坐在山顶上，俯瞰当年

我背着书包上学去了
妈妈追到大门口
塞给我半块玉米饼子

（我的午饭多了半块玉米饼子
妈妈的午饭只剩半块玉米饼子）

我一步一回头地背着书包上学去了

此刻，我坐在山顶上
山下是我家老院子
只是，再也见不到妈妈

三十年前打通的电话

三十年前打通的电话
至今仍在振铃

你一直不肯接听

三十年前打通的电话
至今仍在振铃

我一直握着听筒

眼　睛

闹眼疾

药布，遮住了一只眼睛

望右

依然可以直视

望左

必须转过头去

失去了两眼会聚功能

无法断定所谓的正前方

是否也发生了位移

母亲

三十岁时便被疾病噬去了一只眼睛

却看得全瞅得准

左右兼顾

不偏不倚

村子里的人都说

刘葵兰左眼没了

她把心

放到了那个眼眶里

母亲啊，想你

好好看看

多少年了
多少年顾不得好好看你了

我们共同盯着儿子
直到把他看大
直到他跑到我们看不到的远方
我们共同盯着双方父母
直到把他们看老
有的老在床上
有的老进土地

看朋友
看同事
看领导眼色
看山
看水
看PM2.5
看电视

看手机

看气温到底升到多高《巴黎气候变化协定》才

　　能得到全面响应

看得眼睛都花了

今天，让我们好好看看彼此吧

什么时候满脸皱纹了

还能不能找出当年的模样

红山女神

雾中，在牛河梁漫步
朦胧中
看到一个女人

丰乳肥臀

我问："你的家
是不是就在梁下小村"

她答："五千多年了
梁上的红蘑菇
一直这样诱人"

喇 嘛 爷

二爷爷是个喇嘛
还俗后
依然从早到晚念经

我问他，除了功课
是不是也要祈祷些什么
他告诉我
求佛爷保佑咱们村风调雨顺

我说为什么不求佛爷保佑全国呢
他说，自己没那么高的佛性
佛爷也未必有那么大的法力

兔子不吃窝边草

小兔子
牢记着妈妈的话
一次又一次咽下哈喇子
也没去吃
窝边的草

那片嫩草被驴吃了

想象二十年后的自己

想象二十年后的自己

如果像爸爸那样

我会自豪不已

虽然走路需要拐杖了

说话也不铿锵了

虽然记忆不好了

常把辈分搞乱了

但依然幽默

依然有说有笑地同我谈论天堂地狱

想象二十年后的自己

我禁不住隔空告诉他

已把一吨小烧窖藏起来

到时候，一定会香醇无比

能喝你就喝

不行我替你

脐　带

那初生婴儿
为什么哭得这么厉害
没经他同意
便被剪断了联系着母亲的脐带

他一生中的每一次痛哭
都是这个原因

乡下弟弟

中国人手中要端中国的碗
碗里要装满中国饭

弟弟说：
 "别人，我可以不管
 大哥大嫂
 还有侄子一家的粮
 必须种够、种全
 不用，也得年年囤起来
 午午更换
 不这样，心里不安"

放心吧，你也有一个乡下弟弟

其实我也很重要

如果我离开朝阳
朝阳的分量
就轻了八十公斤

如果我离开辽宁
辽宁的分量
就轻了八十公斤

如果我离开了中国
中国的分量
就轻了八十公斤

敢说不是负担?

三 棵 树

我是老树
孙子是小树
儿子正值盛年

告诉你的是
我们的果子
都酸

不告诉你的是
怎样才能
变甜

昨 夜 梦

我有四年时间没见过母亲了

不知昨夜梦里有多少真实
她在呼伦贝尔草原上
同姥姥姥爷住在一起

我问她
记不记得在朝阳还有我这个儿子
她盯着我看了一会儿
伸手把我
搂进怀里

姥姥姥爷疑惑不解
二十出头的大姑娘
哪来个五六十岁的儿子

还有两个人

我的身体里
还有两个人

一个人整日里
握着一把刀
一会儿说杀掉这个
一会儿说砍伤那个
我不得不把他
关在脑室里

另一个人整日里
向我要钱
一会儿说要去赈灾
一会儿说要去助残
我不得不把他
关在心房里

这两个人
同我长得一模一样

蚂蚁啊，你多像我的大哥

你扛着比自己还大还重的食物
趔趔趄趄向前走去

我听到，你已气喘吁吁
我看到，你已浑身汗湿

累了吧
饿了吧

为什么不停下来休息休息
为什么不吃几口自己扛着的粮食

你对我说的是不是父母身体不好
家中还有幼小的妹妹弟弟

蚂蚁啊，你多像我的大哥
悔不该当年曾经怨你到亲戚家借粮归来得太迟

梦　里

有一个人
肩扛木犁
说是要到我的大脑中种地

他说
我大脑中的沟沟回回太荒芜了
种地前
要除掉杂草
清理垃圾
还要把那里的罂粟和蒺藜薅去

我不知他会怎样进入我的大脑
也不知
他将播下什么种子

梦醒后觉得头痛
是不是
他的劳动已经开始

当年爱情

这一列倒行的火车
正在驶离现实的时空

不知我的手机
能不能打通小站上那台轮盘式电话
不知一九八三年的红色信号灯
能不能拦停这列
搭乘着赴约人的火车

不知那个二十岁的女子
是不是依然在那里等待
不知走下车这个老男人
她是否认得

看着爸爸

看着爸爸
看到了二十五年后的自己

关于庄稼
关于邻里
关于鞭炮为何响起
关于今天是什么节日
关于粽子的来历
关于我的妈妈他的妻子的祭日
关于村东的塔村西的寺
关于前前后后二十几任大队（村）书记
关于多少天了没有下雨

他什么都知道
什么都懒得提起
（我问几次
他应一语）

喜鹊喳喳

说是有喜

问一句孙子是不是找到对象了

不待我回答

又昏昏睡去

扶起爸爸到村子里走一走吧

就当是趁着还有足够的力气

扶一扶二十五年后的自己

蛐　蛐

没人挑拨
你们是斗不起来的
各自唱着各自的歌

隔空切磋

其实，所有的动物
都听得懂人话
只是不知道
人类的谎言比真话要多

后 山

不知是从哪一天起
人们把我家的后山视为灵山了

据说是
远远看上去就是一尊仰躺的
巨佛

我也同人们一道
在山前焚香
上供
祈福

那山上
有我家祖坟

过期的药

妻子，在储物箱里
清理出一大堆药
丸散膏丹一应俱全
片剂水剂一样不少
她说
这些都是我用过的，几乎样样过期
让我找个相应的垃圾箱
统统扔掉

看着说明书上的适应证
我不得不承认
自己得过十七种病
而这些病
样样半途而废
不是治愈就是自愈
无须继续治疗

如今我只有一种病了
那就是：衰老

荷

有的初露尖角
有的正在盛开
有的已经凋落

荷

荷

荷

人生也是荷塘

嗬

嗬

嗬

一模一样景色

日　出

那太阳
两只手扒住山头
探出头来
望了一下

就像我当年扒墙头的时候
望见了
邻居家的玫瑰一夜间开花
玫瑰旁站着
玫瑰一样的二丫

它，噌一下就跳上山了
我，噌一下就跳上墙了

多么美啊

大 杨 树

这棵大杨树
高不下八丈
几只喜鹊栖身树冠中
从早到晚
鸣唱吉祥

（我还记得当年情景
随手折下一截树枝
插进土壤）

这株大杨树
高不下八丈
自称栽树者
已不下十人
甚至有人说那是他拔下自己一根肋骨扦插而成
一把大锯
摆在身旁

五千年前，我在牛河梁制陶

参照母亲

捏制了一个泥像

火大了些

局部有些烧焦

参照妻子

捏制了一个泥像

你们看到那个孕妇就是她

用你们现在的说法应该叫裸模

能不有些害臊

我还为自己那十几个孩子

每人捏制了一个泥像

只可惜

五千年后，在这牛河梁上

一个也没有看到

不知是重新化作了泥土

还是都去上学了

就在山下那个学校

我的母校

正是这棵柏树

也是这个寺庙

我的童年

我的母校

柏树还是那棵柏树

五十多年过去了

更加苍劲繁茂

谁说是十年树木

百年树人

我已满头白发

它却青春不老

以酒壮胆

告诉他们

简直胡说八道

寺庙已不是那个寺庙

那住持

叫喇嘛

还是叫和尚

反正不是老道

那经书

是汉文

还是蒙文

各有所好

那几个出家人

是西四家板的蒙古族

还是东四家板的汉族

该叫我大爷

还是叔叔

怎么有的黄衣

有的红袍

木鱼声声

香火缭绕

功德箱里

谁知功德多少

在白天

在晚上

一个人

还是几个人点钞

黄金屋明明藏在经书里

老师啊，老师

非让我们课本里去找

正是这棵古树

也是这座寺庙

我来看看

投张纸币

静待吉兆

无求

不告

这样不错

如此正好

正是这个寺庙

当年我的学校

雷 雨

前天下午
干打雷不下雨
跟乡长讲话一个样子
喊得比谁都响
喊过了也就拉倒了
一团团浓云随风而去

昨天下午
雷声大雨点稀
天空中闹得霹雳电闪
到头来不过雨过地皮湿
干渴的庄稼
也就是润了润嗓子

雷雨三过晌
符合规律
就看今天下午了
如果还像前天昨天那样

咱就不指望老天爷了

先骂他个狗血喷头

然后抗旱浇地

种了这么多年庄稼

哪一年靠的不是自己

为妈妈守灵

妈妈，我让他们回屋休息了
咱俩说几句悄悄话

妈妈
这一次你真的要走吗

你走了
爸爸无缘无故发脾气
谁能镇得住他
弟弟与弟媳闹别扭了
谁来劝架
眼瞅着就要打春了
没有你的主意
谁能定得下来地里种啥庄稼
那头母猪怀孕了
生产的时候没有你上手还不得抓瞎

妈妈，你能不走吗

我在城里新买的房子足够宽大

终于住得下你和爸爸

你的大孙子已经找到女朋友了

他说再过几个月就能领回来让奶奶"审查"

（这孩子早就同我说过

别看奶奶一只眼睛

却识得清真

辨得出假）

对了，你还没坐过飞机

儿子再忙也要陪你体验一下

（你一直叮嘱我

自家的事再大也小

公家的事再小也大

参加工作以来

我还没休过一次假）

妈妈，为什么非要走呢

难道你过于思念我的姥爷姥姥你的爸妈

他们一次次在那边唤你

你便不假思索做出了肯定的回答

难道那边勤劳善良者太少了

需要你去感化

难道那边真的有神医

能让你那被骨结核拉弯的脊椎变直

能让你那被链霉素噬灭的左眼复明

难道只有到了那边才能长生不老

如果真是这样

我也不好说啥

妈妈，你对我说的什么

是不是一定会常回来看看

断不了血肉之情免不了牵挂

是不是嘱咐我好好过日子勤劳持家

不是自己的一分不花

凡是公家的一点不拿

是不是到那边之后求老天爷不再让老家干旱

山有绿

河有水

风景如画

是不是在那边盖好了房子

慢慢等爸爸

（对了，我仿佛还听你说了这样一句

"我要一个人冷静思考几年

下辈子是不是跟他"）

妈妈啊，妈妈

你还没有明确回答

来世还做不做我的妈妈

写在烈士纪念日

烈士墙上的一个人
与我同姓同名

有人问我
你是不是那个烈士转世再生

这让我备感光荣

也许我们中间许多人与我的来历相同
只不过生前无名

没有当年壮烈的死
哪有现在幸福的生

给我留一垄玉米

打电话告诉弟弟
给我留一垄玉米

明天不能回去
后天不能回去

半个月也要留着
下雪了也要留着
哪怕等到春节假期

我要亲手掰一垄玉米

那咔咔的悦耳声
不能只响在梦里

此刻，我挥动铁锤

此刻，我挥动铁锤
锻打烧红的太阳
溅出一片火花

（都说那是晚霞）

我要把烧红的太阳
打制成十只犁铧
不像当年那样
一心打制蹄铁，用以装备战马

我只想在这乡间种地
心中已无天下

思 想

如果把宇宙看作地球

那么

地球仅相当于一粒灰尘

如果把宇宙存在的时间看作一年

那么

人类存在的时间还不足一秒

宇宙面前，何谈人生长短

遑论谁大谁小高低贵贱

在我这样思想的时候

一只蚂蚁兴高采烈地往家里搬运草籽

在我这样思想的时候

中华龙鸟把我手中的石头撑破

依然以为这是白垩纪的时空

欢快地唱起那时的歌

在我这样思想的时候

人类又放飞了一支问天的火箭

在我这样思想的时候
一千个孕妇同时临产

桃 花 寨

这个村子，名叫桃花寨
桃花山上开
桃花河边开
一个名叫桃花的姑娘
抬眼
望村外

那个村子，名叫桃花寨
桃花心上开
桃花脸上开
一个名叫喜春的小伙
城中
赶过来

一个比花美
一个比风快

山 行

就沿着这条山路往前走
不管树上的鸟儿说什么
也无须猜测那只山兔
是跑向山顶
还是跑向山坳

既然认定深处飘着的是炊烟
你就毫不犹豫地往前走吧
见到老妈妈
你就有饭吃了
见到小女子
你就有爱情了
见到庙
你就祈祷吧
不要顾忌灵不灵
把心愿说出来并且记牢

是时候了

是时候了
我要找一个老年人扮演自己

让他替我乘坐半价公交
让他替我把退休金支取
让他替我生病
让他替我痊愈
让他替我享受儿子的孝顺
让他替我到关工委任职
让他替我天南地北旅行
让他替我在河边打打太极

而我，回到乡下老家种地
农民，永远到不了退休年纪

在博物馆

那个陶制女人的腹中
有一个胎儿

只有我看出来了
只有我说出来了

她身边那个陶制男人
脸红了

（他们真的五千多岁了？）
不知那个胎儿
何日才能出生

雪　人

如果是雨很快就会流走的
只要找到一条河
也就找到海了

雪却会留下来
成为这个冬天里不错的景观
其中一定有一个女人
玉立亭亭

我每天都去看她
每夜都会梦她
只是不敢领回家中
她怕热
我怕冷

好大一场雪

好大一场雪
轰轰烈烈
铺天盖地

如果是雨
这样的降水量
不值一提
多少人多少事
也这样
避实就虚
变出花样
包装自己

谷 草 人

你说老主任卸任后带领村中几个老人
义务看护这一千亩新品种谷子
不让麻雀啄失丰收的分量
不让邻村那几把垂涎的镰刀得逞
还有什么觊觎这片庄稼
只有老主任心中有数

你说他们几个人就在这谷子地里埋伏

你找老主任前来见我
找了许久
只有这几个谷草人露面
有的扬着长鞭
有的扛着镐头
还有一个看上去乐呵呵的
手中握着一把大锄

你说让空中施肥的无人机巡巡
看他们醉卧在田间何处

你说，等我……

等着我吧，就在老家等着

我去打工挣钱

给你买车

给你盖房

给你父母送上全村最多的彩礼

我回来的时候

你却不见了

这也不到一万年啊！

重新学步

挺胸
抬头
向前走

小时候教会你的
怎么都忘了

点头
哈腰
环顾四周

再说一遍
挺胸
抬头
大步向前走

一架梯子

我的身体里有一架梯子。是的，它只供我
一个人使用

有时我在高处
有时我在低处

不是我
而是那架梯子升降自如
起落有度

乡土（二）

久久地
捧着这乡土
深情地
凝望着这乡土

爷爷在这乡土中放羊
有一只羊羔是我
奶奶在这捧乡土中种菜
我是那个顶花带刺的黄瓜
妈妈在这捧乡土中摘棉
那青青的棉桃
像我，怕是到了立冬也难以吐朵
小弟弟
在这捧乡土中
一杯接一杯地
借酒浇愁
他已经摔破第八只酒杯了
那一片又一片锐利

都以无奈的状态

扎在了我的心上

我不知怎样放下这捧乡土

我不知把这捧乡土放到何处

人生滋味

甜

酸

咸

苦

辣

只是简单笼统归纳

凡是入口的东西

一样一种感觉

凡是入心的东西

一人一种感受

何止千滋百味

往往还是多味混杂

我舌上味蕾已经钝化

给啥吃啥

不品不咂

我心的味蕾一年比一年灵敏

不对味的不再容纳

难道这就是老了？

那 些 牛

那些牛不知正在走进屠宰厂
耳中音乐
蓝蓝的天上白云飘
眼中幻象
绿绿的草地百花扬

那些牛不信正在走进屠宰厂
养牛的人就在身边
赞美的话依然在讲
昨夜的草中加了精料
今晨的水里放了白糖

领先的那头牛正是我啊
昏然中觉得到了天堂

这是哪一个

我不敢确认
逃回来的是哪一个

几天前
我为自己的善
和自己的恶
穿上同样的衣裳
扮上同样的面相
让它们各行各路
到世界走一趟

逃回来这一个
遍体鳞伤

我也认不出它是善还是恶
只听它一遍又一遍地说
从今以后，不再上当

回　首

少年时，不愿回首
我清醒地知道
回首看过去
难有一朵像样的脚印
也不会有人
为我助威加油

壮年时，不敢回首
我清醒地知道
忍痛割舍的爱与诱惑
依然在那里等候
我害怕那些足以让我陷落的温柔
我也清醒地知道
目标还在前头

如今，我蓦然回首
哦，原来一路都是风景
那么多的美丽
一直跟在身后

梦里梦外

少年时遇到过的那条狼
重重地咬了我几口
昨夜梦，因此受伤

我一瘸一拐地走到天亮

妈妈不在了
谁来为我包扎伤口
妻子依然熟睡
那时候她还像我一样小
并且远在他乡

少年时遇到的那条狼
当时就被爸爸打跑了
不知它几十年后从哪里赶来
再次伏击了我的少年，并且得逞
而我比爸爸老了许多
只能眼睁睁地看着它肆意猖狂

天　边

爷爷曾经领着我登上那座山
他指着北方对我说
有一群人骑着马
奔驰在天边

他说的
我没看见

爸爸也曾领着我登上那座山
他指着北方对我说
有一群人骑着马
奔驰在天边

他说的
我同样看不见

这一次
我领着儿子登上那座山

我真的看见了
有一群人骑着马
奔驰在天边

儿子对我说：
"你说的
我怎么没看见"

这一夜，我一分为三

这一夜，我分裂为三个人

一个去了地狱

阎王爷十分客气
他告诉我
这里并非人们传说的那样
该享的福都在人间享了
该受的罪都在人间受了
到了这里，一切归零
不会再算旧账
我无意间在生死簿上
看到了自己的寿命
高高兴兴地回来了

一个去了天堂

我在那里看了又看

觉得过于富丽堂皇

不是我这个凡夫俗子待的地方

返回的路上

遇到一位仙人

他说要到人间走一走

选一个下凡之处

说是自己厌倦了，不想生活在天堂

还有一个去了草原

直到梦醒

还没有回来

关于翅膀

一个孩子问我
人，为什么不长翅膀

假如长了翅膀
天上黑压压的都是人了
哪容得鸟儿飞翔

假如人长了翅膀
先飞上去的定会把后飞起来的
一个个推下
摔得鼻青脸肿

假如人长了翅膀
从一楼到顶楼的窗子
都得安上防盗钢条
谁敢不防

假如人长了翅膀

公款吃喝的账

一定欠到天堂

假如人长了翅膀

雨还没下

先被搅浑

雪还没落

先被弄脏

我对那个孩子说

人是不能有翅膀的

从小到老都要把双脚

踏在地上

小 傻 子

"老牛车
疙瘩道
小傻子赶车下河套"

小傻子不傻
"浪里白条"

洪水中抢出的淤柴
在河滩堆得老高

淤柴好烧
小芳姑娘，一点就着

垃　圾

"收破烂嘞！"

这个喊声
每天都能听到

那个人，就在楼下
冲着开窗透风的我
一声接一声地喊

该丢的都丢了
能卖的都卖了
想送的都送了

为什么天天来喊
一遍又一遍
喊得越来越响

难道他想收的破烂，是我

半 山 腰

几乎每次登山
我都会停留在半山腰

这么多风景，够了
这样的高度，挺好

在半山腰停下来
一边看石
看泉
看花
看草
一边把登顶的伙伴等待
等他们
返回来说远方
说辛劳

几乎每次都是这样，我由衷地
把他们夸耀

几乎每次都是这样

他们描述的远方

虚无缥缈

留 白

留白处
是你

我还没想好
用什么样的技法
描绘你

写意?
工笔?

也许就这样留白到底
反正你的形象
早已刻在我的心里

留白处
是你

我还没有想好

用什么样的色彩
描绘你

原色？
间色？

也许就这样留白到底
无论什么颜色
都难以达成你的美丽

留白处
是你

山，可以无视
水，可以无视
鸟儿可以飞去
没山无妨
没水无妨
没有鸟儿也无妨

只要你在那里

此　刻

此刻，二〇二〇年十一月十二日下午三点
太阳也感到寒意了吗
披上了一件云的衣裳

此刻，我想撰写一份政协委员提案
为农村
为农民说点什么
工业不熟悉
大半生越接近越生疏
这恐怕与出身有关
而农业像农民一样直截了当
像农村一样深入浅出
像农田一样种瓜得瓜种豆得豆
像弟弟一样亲如手足

此刻，我那乡下的弟弟啊
你在做什么
莫不是爷爷那样

蹲在墙根骂儿子无能

莫不是表叔那样

用表婶做注赌博吧

你说你要活出一个新的样子

你甚至在老白干的帮助下

调节过中美贸易摩擦

那么，当你盘点过所有的收成之后

一定很沮丧

你一定在咒骂今年夏天那场

旷日持久的伏旱

一定在抱怨粮价过低

进而责骂百里之外的县长

十里之外的乡长

以及左邻那个村书记右舍那个村主任

其实这如同你曾夸赞他们下力气开展脱贫攻坚

　一样

只不过你又有了新的期待

只不过你换了一种表达方式

此刻，二〇二〇年十一月十二日下午三点十五分

一只山兔溜进了市政协大院

它那既惶惑又惊喜的样子

多像我乡下的弟弟

为 什 么

为什么每遇到一面镜子
都会照一照

我总是记不清楚
自己到底什么样子

为什么经常找来一面镜子
照一照

我无时不在担心
还是不是自己

为什么无论在什么样的镜子前
都要照一照

我一直弄不明白
自己到底是谁

社 稷

社为土

稷为谷

所谓的社稷

就是在土地里

种上

这正是爸爸做了一生的活计

爸爸只有一亩三分地

爸爸每年只收获五百多斤谷子

去了糠皮

去了瘪粒

去了霉的烂的

真正成为小米的刚好三百六十五斤

这与他一年下来付出的汗水等重

与他一年的口粮等重

爸爸用什么养活了我们

爸爸确实养活了我们

请你帮我找一找春天

掀开冰
看看有没有

铲走雪
看看有没有

把那条杏枝拉过来
看一看

扒开土
搬开石头
拨开枯草
看一看

抓一把风放在掌心
条分缕析地仔细看看

还要听一听

问一问

喊一喊

我这样找

你也这样帮我找一找

千万不能错过最早的春天

比爸爸大十岁的那个老人

"你们邻居家那个老头
还活着吗？"

——这是我每次回老家
爸爸必问的一句话

我从前年就给他讲
邻居家的老人，九十四岁
耳不聋，眼不花
能吃能喝，酒量挺大

我要把这个杜撰的故事讲下去
那个老人的年龄
不能说差

"那个老人九十六岁了
仅仅酒量有了一些变化
前年每顿半斤

现在三两七八"

只要爸爸问起
比他大十岁那个人永远活着

包　装

小时候

我曾做过这样的恶作剧

捡来马粪蛋

用包装纸包上

当作蛋糕去送礼

收礼的

送礼的

相视一笑

神秘兮兮地向另一个小伙伴家里走去

长大后

包装盒设计得一次比一次精致

盒子里很少装过名副其实的东西

有时候

只是一只空空的盒子

收礼的

献礼的

皆大欢喜

老 房 子

舍不得拆

搬开哪块石头
都会痛
房也痛，人也痛

怎能不痛呢？
那石是骨
那土是肉
那草是筋
骨连着肉，肉裹着筋
骨肉筋连着三辈人的神经

忍心拆吗

山上的爷爷也会痛
刚搬进新房子的爸爸也会痛
我更痛啊

当年剪掉的脐带

藏进了墙缝

奶奶说

亲骨肉最挡风

那脐带

至今连着天堂里的妈妈

一触即痛

无意中，我储存了一段童年

是的
至少五年

在那本该同村子里的小伙伴们
一道玩耍的快乐岁月
我无怨无悔地同父母一道下田
懵懂中
承受苦难
雨天一身泥
晴天一身汗
一位城里来的干部逢人便讲
这孩子懂事
小小年纪就开始分担

这就是我无意中储存下的童年

到了需要的时候
我会把它取出来，稀释余生
把衰老冲淡

换个去处

那么多细菌

那么多病毒

还有恨握着刀

还有愁捧着泪

争先恐后

都想进入我的身体

这里够挤的了

不妨换个去处

比如

细菌，应该找个地方净净身

不然

自己也得霉变

病毒，应该找个地方做消杀

不然

自己也得中毒

恨，应该把已经锈迹斑斑的刀放下

腾出手来

去人群中握住友谊

愁，应该把已经形同汗渍的泪扔掉

展开双臂

去天地间拥抱美丽

不要往我身体里来了

爱情……也不要来了

我这副皮囊

早已漏洞百出

住进来的话

既不能挡风

也不能遮雨

遇到逝者

去殡仪馆
为一位老领导送行

听着组织上关于他的生平简介
由衷敬佩他无私奉献的一生
曾经有过的怀疑
顷刻归零
我泪眼婆娑
动了真情

归来途中
竟然遇到了这位逝者
依然鹤发童颜
谈笑风生

收废品的人

这个收废品的人
不住嘴地自语自言

他说：
"你这些旧书旧报旧刊
不如包装箱的纸壳值钱
仔细想一想
心中自有答案"

他说：
"啤酒瓶子早就没人收了
仅洗刷消杀的人工成本
就比购买新瓶子的费用还高
哪个啤酒厂经理也不是笨蛋"

他说：
"如果你有茅台酒瓶
我一定以全城最高价格收购

绝不欺骗"

他说：

"垃圾分类本是好事一件
居民做到了
小区的垃圾桶也是有红有灰有绿有蓝
可运到垃圾场后又堆到了一起
真够荒诞"

他说：

"我现在最想去乌克兰
电视中说了
冲突双方消耗的炮弹数量加在一起
每天超过五万
那弹壳可都是好钢啊
也许还有贵重金属掺杂其间"

父 亲 节

老父亲在乡下
他应该不知道有这么个节日
许多节庆被农民忽视也忽视农民

我知道这是个洋节
一个人孤独地翻看着有关于此的微信

儿子在颠沛
本该成为父亲的人，却孑然一身

我不回乡下为父亲过这个节了
八十六岁的时候才知道这个节日
他一定问底刨根

我不希望儿子记得这个日子
假如他赶回来为我过节
或者强作欢欣送来语音祝福
我在高兴之余不免揪心

咱都是男人，不需要问候

更不需要感恩

天 黑 了

一定有一个梦
准备就绪

我期待美梦
对于可能出现的噩梦
也心中有底

来吧
来吧
无非就是曾有过的经历

只有一次例外
年轻的我
推着轮椅
而轮椅中坐着的白发老人
也是自己

驴 皮 影

也能扮人
也能扮鬼

扮作英雄
立马跑过来好几个美眉
扮作奸佞
一出场就开始后悔

最好别让我扮回原形啊
不知挨过多少鞭子
想起来毛囊中都是眼泪

我本来就是一头倔驴
实在拧不过你们
就找把剪子把自己铰碎

考古：将军墓

着银盔

披铁甲

一英俊武士

持剑赶来

喝令我："莫挖"

"盔稍黑

甲微蚀

而我

史册有名大将军

只剩枯骨

残渣

挖出来

我有多么不堪

你就有多么尴尬"

鸽　子

为什么落单
为什么选择我的窗台
隔着玻璃望我
为什么没有丝毫恐惧

鸽子
鸽子

你是从哪里飞来的鸽子

鸽子
鸽子

假如我打开窗子

你为什么落单
你为什么相信我不会把你驱赶
眼含深情望我
你为什么这样大胆

我经常离开自己

是的，比如刚才

我跑去帮助一个倒地老人

那个几乎同时赶来的少年

与我一左一右

把老人扶起

比如，今年夏天

我勇敢地跳下水去

救上来一个小学生

明知自己不会水

也没有丝毫犹豫

比如，在驻村扶贫工作队出征仪式上发表讲话后

我也站进了队列里

还比如，我几乎每周都要上山植树

据不完全统计

已经百亩有余

是的，离开的那个我

交口称誉

我的旁观者正是自己

出　山

这条路
你是拦不住的
我也追不上他

看得出
这一次
他是铁了心的

跟你绕弯子
跟我兜圈子

你也别拦了
我也不追了

想出山就让他出山吧
什么时候回来
回来还是不再回来
就由着他吧

咱这里

确实耍不开他

一 个 梦

以为早已忘记
不料梦中相遇

我是苍老的我了
你还是年轻的你

面对你不改的痴情
我又一次选择逃避

鞋　子

鞋子是用来走路的

许久许久没人穿它
鞋子自己走了起来

从城市走到乡下
又从乡下走回城市

进城之前
它把沾上的泥巴
擦了下去

乘人不备
跳上鞋架
装出一副安静模样

从此
你休想让它老老实实待在这里

追　远

我们坐在高高的谷垛旁边
听妈妈讲过去的事情

故事越来越远
谷垛越来越矮

直到没了谷垛
场院上，堆的都是西北风

就像爱情

今夜，有一颗星星
临窗望我

我也看到了这颗星星

就像爱情

很高很远
也很低很近

我们都眨了眨眼
没说什么

扇 车

——梦录

昨天

在民俗馆里

我看到

一架扇车

想起了

自己小时候

看爸爸摇那架扇车

扬走颖壳灰糠

留下成熟的籽粒

刚刚梦里

我来到了村中的打谷场上

也许是出于好奇

我偷偷地跳进了扇车

也许是摇车人用力过猛

我也被扇到空中

一飘千里

直到梦醒

也没着地

空 心 村

回到故乡探亲
村子里空无一人

我爬上大榆树喊了三天
终于喊回了父老乡亲

他们
有的从外县赶回来
有的从外省赶回来
有的从外国赶回来
纷纷从心里掏出钥匙
打开了各自家门

那不是爷爷吗
那不是奶奶吗
那不是妈妈吗
从天上赶回来的何止百人

他们都眼含着热泪

他们都说

舍不得离开这个小村

百 草 霜

药书上说，锅底灰雅称百草霜

是一种中药

止血

止泻

消毒

散火

祛燥

漂泊在外的人

头破血流了

消化不良了

毒邪侵身了

憋气窝火了

烦躁不安了

首先想到的就是回老家治疗

虽然药书上没这样说

可经我验证

只有父母做饭那口锅的锅底灰

才有疗效

乡土（三）

这一团乡土里
有什么

撒进水中
可能会游出鱼

投进火中
可能会炼出铁

用水和一和
用手团一团
用嘴亲一亲
就是一个新娘

用水和一和
用手团一团
用香供一供
就是一尊神仙

把其中那些骨粒拣出来
置于放大镜下
也许会看到自己的祖先

你翻看着你的乡土
我手捧着我的乡愁

枣　树

你们尽情开你们的花
我不同你们争抢春天

你们愿开多大就开多大
我只有这小小的花碎碎的瓣

你们能够开多艳就开多艳
我的本色就这么清清淡淡

不要怪我长这么多刺
那么鲁莽一个人
不扎他一下
他记不住我的甜

时间之水

时间
从墙上那只钟里漏下
嘀嘀
嗒嗒

你要找一个干净的盆子
接住
最好一滴不洒

天亮的时候
你用它洗脸
我用它浇花

瓠　子

妈妈爱吃瓠

爸爸不爱吃瓠

为了这道菜

两人争吵无数

没有想到的是

今天，爸爸却执意要吃

猪肉炒瓠

一刻也等不了的样子

令人哭笑不得

我跑了三个菜市场

终于让他满足

是为了再次相会的时候

能够吃到一起

还是痛苦的思念

终于压抑不住

泪

为他人流的泪
我自己能够擦去

为自己流的泪
谁来替我擦去

我忘记了是谁说的
自己的泪自己去擦
往往会把泪水
从脸上擦进心里

伏　旱

作家高海涛在《青铜雨》中写道

没雨的日子是沉默的

他是我的乡人

这是感同身受之说

小村沉默

狗也不叫了

鸡也不飞了

甚至听不到一只蝈蝈

村人沉默

见我点点头

什么都不说

（其中包括外号"话匣子"的包家二哥）

弟弟也沉默

不说道里高粱

道外玉米

更不说坡地种的什么

只知道为我倒酒

自己也闷着头

一杯接一杯地喝

弟媳小声告诉我

弟弟日里夜里总是叨咕

是自己

还是村子里哪个人

做错了什么事情

一不小心

把老天爷招惹

（他何不知这是自然现象

再大的本领也无可奈何）

庄稼人就是这样

上不怨天

下不怨地

无论多苦多难

总是自己担着

小 时 候

肚子疼的时候
妈妈说
沏一碗红糖水吧

每隔两三天
我的肚子就疼一次

直到家里
买得起许多红糖
我那肚子疼的毛病
才彻底好了

喇 嘛 洞

老家的山崖上
有许多洞
喇嘛
在洞中修行

喇嘛们
来自山脚小村
农人或牧人家庭
不是叫朝鲁
就是叫狗剩

出洞后
也没人称呼他们的法名

朝鲁啊
你不行
从小就是个鼻涕虫
狗剩啊

你何能

分不清韭菜与小葱

十里八村

八村十里

牛羊天天少

粮食年年增

草山月月瘦

香火日日浓

长出一片玉米绿

倒下一片牧草青

朝鲁啊

狗剩

佛爷啊

山洞

虽说是诵读声声皆乡音

却依然

远来的喇嘛会念经

那 只 羊

唯有那只羊的眼睛
含笑

唯有那只羊不去追随头羊
总是在离我最近的地方觅食
吃几口草
便会抬起头来看我一眼
那样子
好像怕我离开

归栏的时候
哪一次都要拖到最后
并且
频频回头看我
好像期待着什么

我始终没敢喊出一个人的名字

庙

跪下之时
你在地狱
站起来后
你在天堂

不知你磕了几个头
不知你烧了几炷香

进去之前
你在人间
出来之后
你是人间

那 只 鸟

你说那只鸟飞到云里去了

那片云已经散尽
却不见那只鸟在天上
也不见那只鸟飞回来

我没有看见你说的那只鸟
我看见了你眼中流出的泪

一定要穿好衣服

一定要把衣服
好好穿在身上

即便你没有刀疤
没有胎记
没有变形
没有疔疮
该凸的凸
该凹的凹
完美得
裸模一样
也一定
穿好衣裳

天生的漏洞
总是有的
况且
许多人讨厌的

正是

人人拥有的

所谓人样

一定要把衣服

好好穿在身上

老家的山

老家的山无名
小村子依山而建
人们把它叫作后山

后山坡上长满荆条
自从外乡人前来养蜂
人们才知道那小小的蓝花花
藏着那么多甜蜜
荆丛下生长着一棵棵光棍茶
自从二柱子靠它换钱读书考上了大学
人们才知道那草药的学名叫作远志

后山顶是起伏不平的薄地
种荞麦种谷子还是玉米
就看啥时候下雨
颗粒不收也没人怨天怨地
薄地上一座又一座土坟
看一遍墓碑也就知道了

村里人都有哪些姓氏

活在山下死在山上

死活不肯离去

老家的山无名

小村人依山而居

大家都把它当作靠山

恍　惚

还是那个季节
还是那个人

那一年春天
她送给我一束山花
显得羞羞答答

好像还是那个季节
好像还是那个人

在这个春天
她手捧山花叫卖
同我讨价还价

蜗牛（二）

那只蜗牛在爬树
眼看着一个上午过去了
它仿佛还在原处

妈妈喊我回家吃饭了
妈妈的声音无论多远
我都能听得清清楚楚
那么就让蜗牛慢慢爬吧
吃过了高粱面蒸饺
再来察看它的进度

这是五十年后的一个上午
我又来到这片林子里
看蜗牛爬树

天都快黑下来了
也没人喊我回家吃饭
只希望这只蜗牛

爬得更慢一些

或者爬下树来

用它的包袱装上并且背走我的孤独

蜗牛（三）

你们鄙视我

不是因为我走得慢
而是因为我软弱
因为我关键时刻不敢出头

你们巴不得我走得更慢

早知如此
我绝不会用硬骨头做壳包装自己
而是用硬骨头做脊梁
挺起身躯

不然你们就踩碎我吧
也许刚好把骨头踩进我的血肉里

花　语

蜜蜂啊，我如期绽开了
你为什么爽约

不要告诉我
苍蝇也会采蜜

蜜蜂啊，我很快就要凋落了
你为什么还不赶来

不要告诉我
你正在别处采蜜

一 只 鸟

一只鸟落在窗台上
隔着玻璃
对我说了几句

眨眨眼，抖抖翅
翩然而去

分明是昨夜那只鸟啊
一整夜与之比翼

好吧，既然来喊我了
今夜我再次跟着它飞
难得这一番诚意

飞到它说的那处仙境
看一看
我的妈妈，是不是真的就在那里

说 故 乡

说故乡
我不说 是辽西
因为我始终就在这里

说故乡
我不说 是朝阳
因为我从来没有远离

说故乡
我不说 是北票
因为它有四千多平方公里
我的心
覆盖不了这么大面积

说故乡
我不说 是南八家
因为那里有十个同样的村子

说故乡

我只说　四家板

因为爸爸在那里

在那里

天天盼我回去

疤 痕

河岸的每一棵树上
都刻着字

我以随机的方式
阅读了一百棵

五十棵有关于爱
五十棵有关于恨

这样的比例
是巧合
还是注定

每个字都是刀刻的
关于爱的比较浅
关于恨的比较深

这样的刀法

是偶然

还是必然

爱也罢

恨也罢

刻在树上的字

都已变成了伤疤

北　茶

说是
老家山上一株树
老家树上几片芽

一壶水，泡一下

又是诗
又是画
有说香
有说苦
有说老
有说嫩
有说薄才好
有说厚为佳

一会儿武
一会儿雅

你说是江山

几浮几沉

我说是梦幻

时酽时寡

找一只木凳坐好吧

想啥不是啥

有啥不说啥

就是

老家山上一棵树

老家树上几片芽

淡淡老家

浓浓牵挂

楼下传来五十年前的吆喝声

磨剪子嘞

戗菜刀

妈妈说

去把剪子磨快了

为你铰一块新布

做棉袄

去把菜刀戗快了

为你剁一块冻肉

包蒸饺

听到楼下传来的吆喝声

我便想到小时候

一手抓着磨好的剪子

一手握着戗亮的菜刀

快快乐乐往家跑

吆喝声中

我看了看剪子

剪子早已锈死了

我问了问菜刀

菜刀说它吃素了

小 酒 馆

老板说
我的酒
其实就是自家地里的高粱
加上山里的泉水

高粱，一粒一粒手选的
泉水，一桶桶肩挑的

种地的是我老爸
采水的是我女儿

我老爸看不上化肥农药
他不说有毒而说那玩意太贵
我女儿看不上酒鬼
滴酒不沾的人
她也不追

老板的话

是不是给我的暗示

下一次前来

该不该捧一束玫瑰

爬向明天

扛着比自己个头儿还要大的东西
一点也没有停下来的意思
这是一只下定决心爬向明天的蚂蚁

夜深了
快把照路的明灯
为它举起

老家山上

我独自一人
在老家山上
绕了一个下午
直到夜幕降临

没什么害怕的
都是我熟悉的庄稼
无非谷子
荞麦
芝麻
都是见我就躲的小动物
山兔
豆鼠
鹌鹑

那一座挨一座坟墓里住着的
多是村子里的人
谁也不会加害于我

一个个

不是带故就是沾亲

醒 来

今晨醒来

神清气爽

浑身充满力量

难道那个清洁工

真的走进我的大脑

扫除了堆积已久的垃圾

难道那个自诩明辨是非的医生

真的为我换上了一双慧眼

难道那个木匠

个仅刨平木板还真的能够

刨平皱纹

难道那个管道工

不仅能够修理水泵梳理上水下水

而且能够校正扭曲的血脉

变歪的心脏

令我深信不疑的是

那个修鞋的人

削去了我脚底的邪路

那个庄稼人

不仅铲尽了我肤上的杂草

而且拔除了腠理的盘根

那个铁匠

真的往我的膝盖里打进了好钢

不枉结识了这么多劳动人民

一夜工夫

他们让我里里外外换了新的模样

没 什 么

谁的日子都是一天天过
苦一点没什么
累一点没什么
几乎所有的伤病
都自带解药
就看你是不是在他身上寻找
找到了
敢不敢喝

谁的日子都是一天天过
脚步快一点
或者慢一点
没什么
其实目标也在走
几乎所有的到达
都不是目的地

谁的日子都是一天天过

你问我一亩三分地上种点什么

一亩玉米

一家三口不会挨饿

两分瓜菜

不施化肥

不喷农药

产少吃少产多吃多

沿路那一分地里

种上开给自己看的花朵

这个清明

今年这个清明
不让烧纸

那么，我就给妈妈
多送些鲜花
这正是她生前的
一大喜好

妈妈曾经托梦告诉我
她那边积蓄的钱财已经不少
虽然阳间的商品特别是猪肉价格
有些偏高
可并未
向那边传导

用不着在墓前解释
妈妈那么明事理一个人
怎会不知

这个季节火险等级最高

真的烧起来

不仅会毁了山下那个牵魂的村庄

也许会殃及天堂

是只什么鸟

我看到
一只麻雀飞过来

老张说
那明明是一只鹌鹑

老张说
一只鹌鹑飞过来

老王说
那明明是一只鸽子

老王说
一只鸽子飞过来

老李说
那明明是一只喜鹊

老李说

一只喜鹊飞过来

老赵说

那明明是一只凤凰

那只麻雀哪儿去了

这只凤凰从哪儿来的

一穗高粱

母亲匆匆穿衣下炕

她在地头的烂草窝子里
找到了
一穗泪眼婆娑的高粱

这是她梦见的
那穗高粱

这时候天还没亮

列 车

去什么地方呢？在这美丽的黄昏
我的小村没有停靠站
我也不敢肯定
列车上有没有亲人熟人

儿子也经常乘坐高铁
也曾掠过我的小村
我的小村已经习惯了各种各样的掠过
那些个非分之想
不属于我也不属于每一个乡亲
儿子说
有一次竟然看到了我
恨不能跳下车跟我回家
他说他都哭了
那一刻突然觉得多么美好的前程
也不如天天在家黏着父亲

为什么不该挥挥手呢

不管有没有人看见我的微笑

对于我，这就是一种温馨

开始种地

春天到了
开始种地

左坡芝麻
右坡谷子
铁南大豆
铁北高粱
凌河岸边
上好平地
年年玉米
先留山顶
那片瘠地
也许绿豆
也许荞麦
种啥看雨

春天到了
种好自己

左臂芝麻

右臂谷子

这腿大豆

那腿高粱

胸脯肥沃

播种玉米

头顶秃了

不能撂荒

或种绿豆

或种荞麦

我让庄稼

长满身体

有吃有穿

丰衣足食

这样才是

农民儿子

妈妈在墙脚种豆角

把向阳的墙脚地刨刨
在带冰花的坑坑里扔几颗种子
上边盖上谷草
或者废旧塑料
那时候还没有温棚暖棚呢
妈妈就这样为我们种下豆角

别人家点种的时候
我们家间苗
别人家刚刚看到蓝花花
我们家吃上了青嫩的豆角

西葫芦也比别人家下来得早
黄瓜也比别人家下来得早
我们吃韭菜吃腻了
别人家才割头刀

妈妈的头脑离土地最近
村子里最弯的是妈妈的腰

那只鸟正在喊我

那只鸟
在喊我

它喊的
是我乳名

谁也不知道
那只鸟在喊我的名字
那是我留在乡下的名字
始终没跟我进城

只有我知道
那是怎样一只鸟
那只鸟
为什么前来喊我

文冠果花

顶生

腋生

花瓣白得纯净

金黄

铜红

花基显得贵重

团团

簇簇

叠叠

层层

谁有这般热烈

谁能这般隆重

乔木

灌木

亦乔亦灌

就是这么任性

你没看过我吧
看过了
你便无法淡定

这么好的春天里
就该有这样的激情

我为自己感动

看到那条蚯蚓

被锄头

耪断

前半段

回过头来

望了望

后半段

后半段

回过头去

望了望

前半段

然后

各自向前

我哭了

这也是

我为自己感动

泪流满面

种地的那个我

老家里，还有一个我
从小到大
一直在乡间干活
肥田五亩
薄地半坡

日子顺的时候
整天乐乐呵呵
小调儿挂在嘴上
小酒儿想喝就喝
日子难的时候
躲在房后哭过
有的因为天灾
有的因为人祸

这一次进城
专门来找另一个我

别人来了

也许闭门不见

我来了

无论平时多么脱离群众

也该抽出时间

听自己把自己遇到的喜事难事

说说

辽西蒙古族人

收割后的大田
顷刻间
成了草原
三百五十年前的草根叶脉
至今没断

从春天关到秋后的羊群
一只接一只
涌出羊圈

我穿上蒙古袍
放下刀镰
挥舞着长调儿
跃马扬鞭

不能用母语唱了
就用这蒙腔汉话大声喊

给你一亩三分地

给你一亩三分地

可种瓜

可点豆

可高粱

可玉米

如果你有使不完的劲

铺上老婆

种孩子

给你一亩三分地

不管风

不管旱

不给肥

不给水

只要不荒了这块地

一年四季

都随你

绿皮火车

蒸汽机头
绿皮车厢
原木车座

我登上了返乡的火车

沿路那些盛开的鲜花
是不是
也会回归骨朵

让乡风吹一吹
把皱纹吹掉

让小河洗一洗
把烦恼洗落

你也坐上来吧，老婆
不然的话

有可能把我的初恋错过

你就不要上来了，儿子
我还会回到这个城市
到时候
你在高铁站接我

八十四岁的爸爸

八十四岁的爸爸
怎么看都像一尊佛
嘴角挂着快乐
就那么盘腿打坐
什么也不说

该说的都已经做了
再说什么都无力去做
儿孙自求儿孙福
儿孙自惹儿孙祸
给也给不了
扛也扛不动了

什么也不说
就这么盘腿打坐
嘴角挂着快乐

八十四岁的爸爸
千山万水走过

领来童年

趁着手脚利落

走回去

看看自己的童年

看看他是不是依然乖顺

不去招猫逗狗

不会撒谎藏奸

看看他是不是依然不迟到不早退

除了音乐差点以外

科科都是满分答卷

看看他是不是依然帮爸爸妈妈下田干活

有没有学会做饭

看看他捡到一毛钱后

是不是依然站在路边等待失主

直到日落西山

看看他刻在山石上那一行"走出去"

是不是醒目依然

趁着头脑清醒

走回去

领来自己的童年

让他日日夜夜陪在身边

拾　穗

在这秋天
我在收割者的身后悄悄跟着

我渴望拾到
一些谷穗
一些出乎意料的获得

我知道
丰收到手的人们
总会在
得意的时候
有一些骄傲的放弃
或者施舍

旧 衣 服

妻子
把我最喜欢的一件衣服
扔到了垃圾堆里

她说，穿得太久了
一股霉气

我依依不舍地看着那件旧衣服
就像自己躺在那里

我在等着你

我在凤凰山等着你

不知谁能告诉你
我在这里等着你

我在凤凰山等着你

还是我去告诉你
有一个人在那里等着你

回　村

男人们
一个个最终都会回到村里
成为自己的爸爸

女人们东一个西一个
岂不知自己也已老成了当年的妈妈

老家的样子

我认识的那些花花草草
山菜野果
种种飞的爬的虫子
以及大大小小的鸟儿
村里的孩子们
大都不认识

他们的书包中装着暑假
他们刚刚从县城返回
他们不仅认识县城还认识省城京城
他们认识城市里的一切

虽然我不认识他们
他们却个个认识我

都是听爷爷或者爸爸说的
说是只有像我一样
才算出息

才能为祖宗争光

几乎所有的乡事
都是为了摆脱土地离开家乡

就是这样的家乡啊
这最后一茬乡下孩子在这里发芽
却不会在这里生长

酒 高 粱

我淘弄到了

十斤

酒高粱种子

这样的高粱长出来

抗虫

抗风

抗病

抗旱

酒的性子

一应俱全

麻雀也不愿惹它

知道它迟早会壮出英雄胆

一发芽就一股酒味

长着长着就醉了

那脸色由青转白

最终红得一塌糊涂

摇摇晃晃地扶不住秋天

我种出来的高粱

收割的时候

不是论穗不是论斤

而是论碗

不惜两升热汗

把五亩好地种满

还要早早备好能盛八两酒的

粗瓷大碗

朦 胧 中

这个时候
我正翻山越岭
赶往那所名叫东梁后的学校

眼瞅着又到那片坟地了
我必须以冲刺的速度奔跑
不让那些
没上过学的小崽儿们
抢走我的书包

五十年后的清晨
朦胧中听到钟声响了六下
我匆忙踏上了那条小道
就这气喘吁吁的样子
准得弄个头一次迟到

老伴喊我起床吃早饭了
我刚刚走了半道

握住玉米

感染了流感病毒的老爸
每次昏迷中醒来的第一件事
便是紧紧握住身边那穗玉米

老爸不盘核桃
不捻佛珠
也不弄玉
自从下不了地那一天起
始终把玩的就是玉米

也许正是因为不敢确认
那个世界有没有老家这样肥沃的土地
能不能种出手中这样饱满的玉米
他才不肯轻易离去

蚂 蚁

扛起来

扛起来

管它比自己的体重多出几倍

扛起来

扛起来

一家老小都在期盼满载而归

扛起来

扛起来

扛起来了就绝不放弃，绝不倒退

你一直这样咬紧牙关

我从未见过你的眼泪

空 碾 子

那盘石碾子还在呢
我走上前去推了起来

推着
推着
听到了玉米碎裂的声音

推着
推着
听到了竹箩筛面的声音

推着
推着
听到了爸爸哀叹的声音

推着
推着
听到了妈妈喊我回家吃饭的声音

推着

推着

我竟然听到了

泪水落地的声音

羊啊，羊

这只羊，不挣不脱
任人捆绑
屠刀刺来
也一声不响

就这么睁着一双泪汪汪的眼睛
看着自己流血
看着自己死亡
看着自己变成手把肉
变成羊汤
直到自己的皮，披到狼的身上

它还看到
同群的伙伴们无一惊惶
吃草的吃草
交欢的交欢
好像什么事情也没发生一样

你是其中最快乐那一个

孩子说
希望森林里的小动物
越来越多

来吧，孩子
来到这里
你便是其中最快乐那一个

小松鼠已为你采好一堆红蘑
大灰兔会带你去看花朵
枝头上花喜鹊喊你爬树
小溪中黑蝌蚪教你弄波

我正在森林里种树呢
听没听到我在唱歌

来吧，孩子
狼也真正变成了慈祥外婆

梦记：那头牛

那头牛
搭套上肩
让我把辽西丘陵拴上

他说：
"我非要较把劲
把它拉平
让家乡的耕地面积大增"

哦，那头牛
牛身人首，爸爸面孔

弟弟的执拗

还浇吗？

浇！

这都浇五遍了
还没有下雨的迹象
下了秋
恐怕连电费都挣不回来

那也浇
咱要的是粮食

在民俗馆看到一盏煤油灯

看到它
我想到了一缕烧焦的少年发
以及熏黑的鼻孔

那本书还在吗
远比语文课里的故事引人入胜
哪吒把骨肉还给了父母
可灵魂也还是儿子
该做的做，该听的听
撺动风火轮的到底是火还是风
老师讲的"风风火火"一词
应该来源于此，既形象又生动
妲己到底有多美呢
难道比得上东村小凤
后山上的狐狸是不是也能成精
会不会迷住大队书记
让他干出比割掉山上荆条沤肥
还要荒唐的事情

申公豹到底怎么定义前后呢

是不是一生中都要逆施倒行

土行孙的遁术怎么才能学会呢

如果学会了

我想潜入县城看一场电影

赵公明竟然被封为财神

难道想做个有钱人

不干坏事不成

虽然爸爸一口吹灭了我的幻想

可煤油灯最后的火苗

还是点亮了我的梦境

热　爱

我热爱

这山

这树

这变幻的云彩

这喧闹的人群

这黄色的土地

这袅袅炊烟

这丘陵气派

那几只冒着严寒飞来的小鸟

把疲惫唱成欢快

我热爱

不听话的儿子

絮絮叨叨的老伴

白发染黑的好友

回家迷路的小孩

刚化冻的酸梨

老酒坊的白干

还有，老家山坡上的溜达鸡

皮缸里渍的酸菜

芦苇皮儿编的席子

高粱秆儿钉的锅盖

那一湾不冻的凌河水

把南飞的白天鹅留了下来

我热爱

准时发送养老金的社保局

扭秧歌的老太太

热爱春风起

热爱燕子来

热爱夏的葱茏

秋的富态

哦，这场雪

有了我的热爱才如此洁白

我热爱

热爱即将过去的这一载

尽管没有达成所有期待

但又何以知道

多少人暗中替我消除了多少灾害

尽管这世界动荡不安

我的国

依然行稳致远、民安国泰

所有的枝条都备好了花朵

到时候就会绽开

我热爱

搭搭手腕

依然豪迈

望望远方

诗兴犹在

我热爱，拉起自己的手

赶赴未来

故事山（组诗）

（一）

那年爷爷领我上山
他说走累了
要找一个好地方歇歇脚
前后左右看看

老榆树
青石堆
没多少水的一眼泉
耗子花蔫蔫巴巴
说不清是紫是蓝

哪知道爷爷是在为自己
选择另一个家啊

我当时说的是
这个地方一点也不好

快领我下山

若干年后才明白

在这里俯视

整个村庄都能看见

（二）

似真似幻

我看到

一个老人扛着条石上山

他说："死了这么多年

依然没人为我立碑

回到村子看了看

儿子不知去了哪里

大门锁着"

（三）

梦里我听到

老蝎子对小蝎说：

"一旦修炼成精
我首先要做的就是变成人

其实，只会这一种变化就够了

眼下，我与人相比
其他方面的本领都不差了
只是毒性不足
到了山下，走进人群
可能吃亏"

（四）

蘑菇对蜜蜂说：
"冒着雨出来的，怎么不打把伞
来吧，进来躲躲"

没蜜也甜

（五）

每一次回老家

我都要到后山看看
村子里不见了的那些人
都能在那里看见

（六）

在这山上种满向日葵吧

在它们的拉动下
山头也会跟着太阳转

（七）

我到山上挖远志
爸爸在山脚种当归

妈妈说
看这爷儿俩
心里想的都没用嘴说出来

（八）

半山腰有一眼山泉
泉水中有几条小鱼
这么多年过去了
小鱼还没有长大

慧能说："为什么非要长大呢
那只是人的活法"

（九）

麻雀上山
抓几只小虫
吃饱了便走

土拨鼠心生妒意："虽然寄人檐下
好歹山下有家"

（十）

无论你来还是不来

那些山中刺玫

该开的时候一定会开

不会把谁等待

该来的时候

你一定要来

你来了

那刺玫花会开得更盛

也会多出一种色彩

（十一）

从山下看

山峰已入云端

到山上看

离天，还是那么遥远

（十二）

当年，两只羊走丢了

我跟着爸爸上山寻找

当我们赶着两只羊回到家里的时候
走丢的两只羊早已归栏
正在那里反刍

（十三）

那条石板路
陪我走到半山腰
说什么也不往上走了

趁我不留神
悄悄溜下了山
更可气的是
还顺走了我的拐杖

（十四）

那具被石头"打"破
弃置在地头多年的犁铧

已经锈迹斑斑

弟弟把它从山上捡回来
送进了村里的民俗馆

看到它
依稀看到了当年

爸爸扶犁
妈妈点种
我拉着簸梭跟在后边

那样的日子
就那么啪的一声中断

（十五）

山上发现了金矿
而且品位极高

听到这个消息

先人们
纷纷从天堂或地狱赶回来
带走了自己的遗骨

（十六）

听说有人出资
修缮山上那座龙王庙
龙王爷翻箱倒柜
找出了自己那套龙袍

"快去洗一洗
干洗最好"

龙王奶奶心领神会
踮起三寸金莲，一路小跑
她知道
有吃有喝的好日子又要来了

（十七）

山路，弯弯曲曲

你可以拎着它

可以跟着它

可以踢开它

也可以看着它，让它自己走

它自己走的时候很慢

走几步就会钻进松树林中

找一块石头坐下来休息

还可以拽着它往上走

一用力

它就会变直

（十八）

登山望远

向南望，望见了大海

向北望，望见了草原

向下望

熙熙攘攘的人群中

一眼就找到了母亲

其实，能够望见的一直都在心上

（十九）

我来看山
在山上
遇到一个同样看山的人

我问："景致如何？"
这个人反过来问我

我说："虽说山外有山
可是此时此刻
这山上，有你有我"

（二十）

山里，开了铁矿金矿沸石矿

原来住在山上的动物

为了继续生存下去

乔装打扮后

跑到山下的村子里栖居

比如野鸡，自断长尾乔装成家鸡

比如野猪，自毁獠牙乔装成家猪

狼狐以及毒蛇都有祖传下来的装人秘籍

纷纷重演故技

这是一个发小偷偷告诉我的秘密

这几天，我在老家小住

无论见到谁，眼生还是面熟

都会微笑着与其打个招呼

（二十一）

"你看，她也抱着两个孩子

一大一小

新的生育政策惠及了玉米

三个就多了

这山地，哪有那么大的地力
秧棵也承受不起"

铁柱哥六十岁的人了
还是那么幽默风趣
说玉米不说儿媳
也不向我显摆孙子孙女

（二十二）

我在山上剜苦菜
已经剜满了一筐篮
喂猪的喂鸡的脏点就脏点吧
家人吃的必须精挑细选
还要用山泉水洗上几遍
拿一棵放在嘴里
好苦啊！咂巴咂巴竟有些回甘
这就是爸爸说的日子吧
先苦后甜

——六十岁的人了

梦里依然少年

（二十三）

沉默不语上山

来到墓前
肃穆庄严
上供
焚香
烧纸
献花
磕头
祈愿

祈愿时
想让别人听到的有声
不想让别人听到的无言

先人们纷纷浮现
有的愁眉苦脸

有的笑容满面

大多一如生前

唉，他们一个个活着的时候

就能力有限

逝去之后

不求其有增

只求其无减

能帮就帮

不能帮也不埋怨

说到底自己的事情还得自己去办

悟到这些

就不算白来

何况尽孝也是本分

思念发自心田

释然

释然

说说笑笑下山

（二十四）

草寨里

一条狐狸

它冲我媚媚一笑

是不是妲己

（二十五）

嵌入山坡那片青石板上的
金鸡脚印
金马脚印
金羊脚印
全部被古生物学者称为恐龙脚印

这让心有所盼的乡亲们失落
也至少摧毁了三个美丽传说

也许亿年之后的古生物学者
会把狼的脚印狐的脚印狗的脚印
都称为人的脚印

（二十六）

大风
一冬都在修剪果枝
咔嚓咔嚓的声音
直到春天才传到我的耳中

上山的时候
一路都是这种声音

（二十七）

上过香
上过供
磕过头
赶紧离去

你的每一项祈求
都那么不切实际
别在这里惹山神生气

（二十八）

垒成台阶的
是这山上的石头
雕成神像的
也是这山上的石头

脚踏的
叩拜的
都是这山上的石头

（二十九）

在山上
发现了几块腐朽的骨头

人骨？
兽骨？
几个人争论不休

要么是兽吃了人

要么是人吃了兽

人吃人
不吐骨头

（三十）

划入新建水库淹没区的寺院
从河边搬到了山上
丢下许多佛像
破碎的泥胎与脚下的乡土
没什么两样

据说新塑的佛像比原来的要胖
这也难怪，毕竟凡人的生活
都进入了小康

节气歌（组诗）

（一）立春

不是冰，就是雪
春在哪儿呢？

爷爷说
看不见什么
什么就快来了
看见什么
什么就快走了

睁着眼睛看不见
就闭着眼睛看

（二）雨水

我到大凌河看了看
沿岸的冰

真的翘起来了

冰下水，探出了脸

回来的路上

看见了一朵冰凌花

我用去年的枯叶

盖了盖，为它御寒

它，朝我笑了笑

似乎还说了声：谢谢，明天见

（三）惊蛰

冬眠的大小动物都醒了

有的迫不及待，推门而出

有的还想赖会儿床

爸爸放过了一条毒蛇

他说，都是刚刚从冬天走出来的

没什么不可互相原谅

何况

看上去，它并无进攻意向

（四）春分

如果
想让村后的山变高
那么就去山顶
栽树

如果
想让村后的山变矮
那么就在山脚
挖矿

反正就这么一个靠山

（五）清明

清明时节雨纷纷
路上行人欲断魂

我就不去杏花村了

今天喝酒

容易醉

喝醉了

看谁都像亡人

（六）谷雨

种吧

什么都该种了

哪块地都要种上

老婆

也不能撂荒

（七）立夏

直到此时

我才敢确认

今年

不会再有倒春寒

我的庄稼正拔节呢

昨日一场好雨
至少半个月之内
不旱

不要问我
经历过什么
竟这样提心吊胆

（八）小满

今天
我挖了一筐苦麻菜

上一次
是五十年前

那时候

苦也不说苦

这时候
只有用苦比比味
才能品出什么是香
什么是甜

（九）芒种

不忍踩踏任何一棵小草
任何一棵野菜
就让我站在这里看青儿吧
我也是刚刚露出头来
担心被哪一只哪怕是无意的脚
踏回土里
继续埋没

（十）夏至

一声炸雷
两声炸雷

三声炸雷

其实危险已经过去

听到震耳欲聋的雷声
你已躲过三刀闪电

接下来就是雨了
这正是你的期盼

（十一）小暑

这是拔节的时候
离孕穗打苞还远

身子骨脆得很呢
容易折断

傻丫头
这时候别往高粱地里钻

（十二）大暑

我盼望的那只羊终于来了

先后脱下虎皮
狼皮
狐狸皮

同我一道吃起草来
不时
吻我一下

（十三）立秋

深夜
屋前那片树林里
偶尔传来鸟鸣

听到了一声
还想听到下一声
直到入梦

梦中，我也变成了一只鸟

飞到树林里

找到了那只孤鸟

两个人坐在树枝上

她叫一声

我应一声

（十四）处暑

与那片红高粱对望

不大一会儿

就醉了

难道它们看懂了我的心思

不待酿造

就变成了酒

（十五）白露

那串串眼泪

是哪片云

滴下

是被粗暴的闪电

欺负了

还是受够了

风吹

雷打

漂泊的人

越高

越远

越想妈妈

不如变成眼泪回家

（十六）秋分

弟弟的镰刀磨得锋快

一镰下去

把日夜割开

黑白分明
各占一半

其实这正是生活的样子
生命的样子

是谁在说，也是真理的样子

（十七）寒露

妈妈带着我
采棉

有些死桃子
又坚又硬
掰开都难
妈妈说，别看它外表坚硬
其实内心照样柔软

（十八）霜降

农艺师说：

"霜打过的苹果才甜"

"人生也是这样啊"
——有个人
从旁发出这样的感叹

农艺师说："我的话还没有讲完
一遍不行
需要霜打三遍"

（十九）立冬

大白菜储进窖里
大鱼大肉
填满肚肠

对了，扯条厚被子
盖在身上

反正，打下了够吃几年的玉米高粱

三分之一换大米换白面
三分之一酿酒
三分之一喂猪喂羊

庄稼人的好日子
就是火炕上一躺

（二十）小雪

屋外，雪花飘起

坐在火炕上
我认真研究了一穗玉米

排除了它的转基因嫌疑之后
我抠除几颗瘪粒
怨一声天旱缺雨
剔掉几颗残粒
嗔一句乌鸦贪食

然后

一粒粒辨认哪些是爸爸的汗珠

哪些是我的汗珠

哪些是妹妹的汗珠

结果是，爸爸的每颗都大

妹妹的小却成实

我的大小不一

那红色玉米轴一定是妈妈的心血凝成

这一点确定无疑

一家人都在围着她转

这情形

潜移默化地体现到了

我家唯一一种庄稼那里

（二十一）大雪

"到屋外堆雪人吧

谁堆得漂亮

谁长大后就能娶到漂亮姑娘"

天天说"丑妻近地家中宝"的爷爷
怎么把他这句口头禅遗忘

（二十二）冬至

几乎所有的节令
都要包饺子

冬至也是这样

管它什么馅呢
是不是好日子
就看你会不会包装

（二十三）小寒

其实，到了这个时候便不觉得冷了
东家杀猪
西家宰羊
不去赶嘴
也会端来一碗

喝得酩酊大醉的父亲

这一阵儿总在喊热

说是这不像个冬天

（二十四）大寒

今年眼看着就要过去了

又会是怎样一个明年

正因为这个世界如此难以预见

这个世界才如此令人迷恋

还是静下来想一想不远的春天吧

让哪一种草先绿

让哪一种花先开

让哪一种鸟先来

都该好好思考一下

免得到时候手忙脚乱

那么多种子储在仓库里

我要把它们下田的次序排好

并且在思想中

做一次春播的演练

　无论如何

也要种出一片大好河山